欢迎来到实力至上主义的教室 番外1

佐仓爱里

一之瀬帆波

欢迎来到实力至上主义的教室

c o n t e n t s

P 1　　**暑假终将结束**

P 3　　**伊吹澪居然很理性**

P 53　　**葛城康平原来也有烦恼**

P 128　**尽管如此，危险潜藏在日常生活之中**

P 160　**犯桃花的灾难日，如天使般的魔鬼笑容**

P 188　**与其他班的交流会**

P 258　**后记**

P 260　**池宽治、山内春树和须藤健的暑假（内幕篇）**

欢迎来到实力至上主义的教室

〔日〕**衣笠彰梧** 著
〔日〕**知世俊作** 绘

新鲜 译

人民文学出版社
PEOPLE'S LITERATURE PUBLISHING HOUSE

著作权合同登记：图字 01-2020-2066 号

YOUKOSO JITSURYOKUSHIJOUSHUGI NO KYOUSHITSU E Vol.4.5
© Syougo Kinugasa 2016
First published in Japan in 2016 by KADOKAWA CORPORATION，Tokyo.
Simplified Chinese translation rights arranged with KADOKAWA CORPORATION，
Tokyo through Timo Associates Inc.，Japan.

图书在版编目(CIP)数据

欢迎来到实力至上主义的教室：番外.1/（日）衣
笠彰梧著；（日）知世俊作绘；新鲜译. —北京：人
民文学出版社，2021(2021.4 重印)
ISBN 978-7-02-016006-8

Ⅰ.①欢… Ⅱ.①衣… ②知… ③新… Ⅲ.①长篇小
说-日本-现代 Ⅳ.①I313.45

中国版本图书馆 CIP 数据核字(2019)第 299296 号

责任编辑　朱卫净　王皎娇　何王慧
装帧设计　钱　珺

出版发行　人民文学出版社
社　　址　北京市朝内大街 166 号
邮政编码　100705
网　　址　http://www.rw-cn.com

印　　制　上海盛通时代印刷有限公司
经　　销　全国新华书店等

字　　数　160 千字
开　　本　787×1092 毫米　1/32
印　　张　8.875
版　　次　2021 年 3 月北京第 1 版
印　　次　2021 年 4 月第 2 次印刷

书　　号　978-7-02-016006-8
定　　价　45.00 元

如有印装质量问题，请与本社图书销售中心调换。电话:010-65233595

暑假终将结束

蝶螺太太症候群。

大家应该听说过这个词吧。

简单解释一下，这个词的意思是一看到在周日傍晚播出的动画片《蝶螺太太》，就会联想到即将来到的周一，头疼不已。

和这类似，暑假即将结束的时候大部分学生都会觉得烦恼，希望假期再长些，想再多玩几天。

但我却不这么想。

在人的一生中，大概只有学生时代有充足的时间可以拿来挥霍。

假如十八岁进入社会，将退休的年龄暂且定为六十岁，那么有四十二年是在工作的，要比从进入小学到高中毕业为止的十二年多出好几倍。在这四十二年间，要受社会的束缚，失去自由，还有一些人即使退了休也还要接着工作。当然也有人不被拘束，比如富二代或者创业成功的人，等等。这样的捷径虽然存在，可能性却和中彩票一样渺茫。

最终大多数人都要把大半辈子奉献给社会。

所以从社会角度来看，学生就该尽情享受暑假时光。

可事实上许许多多的学生稀里糊涂地成了大人，意识不到那段时光的宝贵。

　　等到三四十岁才回味出那时的快乐。

　　这次要讲的就是发生在这群正处于青春懵懂之际的学生之间的小小物语。

伊吹澪居然很理性

特别考核，提起这个词一般都会联想到笔试，或者是运动系的考试，但我所在的高度育成高中的特别考核可没有这么简单。无人岛上的班级对抗生存集训，还有充斥了谎言的船上智力思考游戏，进入暑假以来，这类没人性的考核就没停止过。

把今天也算进去的话，一年级学生的短暂假期就只剩下七天了，随后第二学期的帷幕就会拉开。

顺便提一下，我的休假方式也很简单，因为我基本不会主动去找别人玩，只是平平淡淡度过每一天，我把这叫作"自作自受的孤独"。

"这样也挺好的。"

我满足于眼前的自由，不去奢求更多的幸福。

而且我最近开始觉得，朋友并不是越多越好，和更多的人产生联系也就意味着束缚的增加，这就有点麻烦了，要是有人打来电话，我都可能会直接无视掉。

即使孤身一个人也有要做的事情，我现在就正在完成其中一件，操作手机确认自己的点数余额，还剩十万六千两百一十九点。我着手将里面的十万点点数转给别人……也就是同班同学的须藤健。

没过多久，须藤打来了电话。

"喂，绫小路，你现在干什么呢？"

"没干什么，我在想怎么解决晚饭。"

"这样啊，我刚吃了鸡胸肉，虽然味道单一容易腻，但做法多样，可以烤，可以煮……这些都无所谓，我想说的是占卜的事情。"

占卜？又一个和须藤很不搭的词语从他嘴里冒了出来，做事非黑即白的须藤喜欢简单明朗的东西，这一点和烹调方式简单的鸡胸肉一样，但没想到他居然会对抽象感十足的占卜感兴趣。

"一个特别灵验的占卜师会来榉树购物中心，这可是只有暑假期间才会有的，高年级学生都在讨论，社团活动的时候大家也净是在说这个占卜师，我觉得有点意思，想去玩玩，反正'临时收入'也到手了，一起去吧，我请客。"

这是来自同班同学须藤的邀请。

所谓榉树购物中心，是学生们平常会去的综合商场的名字。

校方为学生提供了完善的校内生活设施，但也不可能像外面的世界一样面面俱到，这里没有偶像演唱会、游乐园、动物园，场地和设施也都是有限的，算是一个狭小的世界。因此，每当学校里有了新的活动便会掀起一阵热潮，这次居然会是占卜，真是出人意料，我决定接受他的邀请。

我难掩心中欢喜，接着问道：

“什么时候去？”

“明天早上，活动十点开始，不过好像不早点去的话前面会排很多人，我想着九点半左右到那里。”

看来须藤的脑袋里已经有了大概的计划，那就好办了。

“我没问题的，可你没有社团活动吗？”

“嗯，明天社团休息，比赛刚刚结束，之前练得那么狠，不休息一下的话身体受不住的。”

须藤今天参加了篮球比赛，他之前为了这场比赛每日埋头苦练，我想知道结果如何，而且还有另一个让我在意的地方。

“没什么麻烦吧？”

我特意强调了麻烦的部分，须藤也立刻明白了。

“嗯，费了我好大的工夫，领队和教练都看得比初中紧多了，除了比赛的时候，根本不能和其他学校的学生多说几句话，连上厕所都只能去学校专用的，本来以为肯定没机会了。”

果然连破例出校门参加社团活动的时候都要接受校方的严厉监管。

“但不管怎么说还是完成了，我装作肚子疼，这才有了机会。”

“不错，山内那边呢？”

“已经把数据都删除掉，还给他了，我明白的。”

　　须藤也知道这件事关乎自己的学校生活，应该不会做蠢事，但我之后还是直接跟山内确认一下数据是否顺利删除了比较好，毕竟小心驶得万年船。

　　"对了，你在你那个心心念念的比赛里出场了吗？"

　　"当然，而且一年级里就我一个，还得了分，不过最后还是输了，没什么好骄傲的。"

　　虽然不知道具体情况，但作为一年级学生，能获得出场机会就已经很了不起了，须藤话语中的满足感要超过其中的悔恨，他应该给篮球部带来了不错的成绩。须藤之前的训练强度也是极大的，特别是一年级学生因为特别考核需要离开学校，练习时间要比其他年级少一些。

　　"怎么样，占卜你去还是不去？"

　　"反正没什么事，那我就去……"

　　我正要答应，须藤紧接着补了一句。

　　"你一定要叫上铃音啊，一定！明白了吗？"

　　"……原来是这样。"

　　须藤不是想和我去，而是想和堀北一起。

　　自己去邀请的话成功率颇低，无奈只能来找我。

　　"可是……她应该对占卜没什么兴趣。"

　　"那也得试试，这是你唯一能派得上用场的地方了。"

　　这是什么用场啊，能不能不要把我当成约堀北的工具来使。

"我可以姑且问她一声，但你不要太过期待。"

"姑且可不行啊……"

"不行吗……"

须藤的话语中带有着略微怒气，同时也在给我施压。

他估计已经认定堀北明天会来，并在此基础上制定了计划。

"必须成功，堀北不来就没意义了。"

"可是我们也不知道她明天有没有其他事情，对占卜有没有兴趣，说不定相比之下，约她买东西或是看电影的成功率更高。"

"不用担心，女生都喜欢占卜。"

这完全就是他的一家之言……

算了，不管怎么样确实存在女生喜欢占卜的普遍印象。不过堀北有点特殊，难以想象她会和普通女生一样对占卜感兴趣。

"你听懂了吗？完事把结果告诉我，一定要成功！"

须藤强行结束了通话。

本来就觉得他邀我去玩占卜这件事有点奇怪，果然有蹊跷。

有些失望，但还是尽量调整好了心情。

还是联系堀北一下吧，要是之后让须藤知道我无视了他的要求那就不好处理了。趁着还没忘记这件事，我直接给堀北打了电话。

电话很快就接通了。

"喂，堀北，你对占卜有兴趣吗？"

能打破我对世间女生都喜欢占卜的普遍印象的就只有这个人了。

"怎么一开口就问这么奇怪的事情。"

她说得有道理，可我实在找不到其他询问这件事情的突破口，只能直接问了。

"我需要知道你的答案。"

"意思是假如我不回答，你会很难办？"

虽然没想过她会这样回答我，但我确实有可能会有麻烦，我的脑海中浮现出了须藤对我使出夹头招数的情景。

"所以，你能帮我吗？"

"能算作你欠我一个人情的话，我倒是可以回答你。"

不过是回答我一句喜不喜欢，就要欠一个人情……

我右手握着电话，产生了移动大拇指，挂断电话的冲动，但想起须藤愤怒的样子，我意识到自己必须忍。

"行。"

堀北明白自己的回答对我有用，顿了一会儿。

"嗯……我不是特别在意这个，但也算不上讨厌。"

　　我没想到会从堀北那里得到对占卜近乎肯定的回答。

　　"你找人占卜过吗?"

　　"还没到那种程度,也就早晨看新闻的时候顺便听一听。"

　　应该指的是经常出现星座占卜等消息的节目。

　　站在电视机前,根据这一天的幸运色选择衣服,往书包上搭配饰品的堀北……实在难以想象。

　　"你难道迷上了占卜?"

　　"不是,你知道最近人气很高的那个占卜师吗?"

　　"占卜师?"

　　堀北陷入了短暂沉默,像是在记忆中搜寻相关信息,终于想起了什么似的,用赞同的语气回答道:

　　"好像确实是挺火的。"

　　"所以我有点好奇,别人都说很灵,不知道实际怎么样,不过我真的不觉得占卜能说准什么。"

　　本以为堀北能同意我所说的,没想到从电话那头传来了一个不一样的意见。

　　"是吗? 我觉得真有那种能力的人就能说准。"

　　"不是不是,占卜师又没有超能力。"

　　没想到堀北会信这个,通过人的脸、手、出生年月来预知未来,这么不现实的东西我是不会信的。

　　"不是这样的,占卜师并没有预测未来的能力,这是肯定的。预测未来的说法就和说这世界上存在着幽灵一样无聊，但占卜师是基于过去庞大的数据，也就是根据人类的类型来对眼前的人以及事物进行推测，这很考验占卜师个人的技术。"

和一般少女的凭空想象不同，堀北的想法是有理论支撑的。

"总结一下就是利用了冷读法吗？"

"你知道的还挺多。"

堀北觉得有些没趣。

"我们不能做到客观看待自己，但是占卜可以在短暂的对话中将对方的信息引出来，找出连测试人自己都没有意识到的部分，并将其作为占卜结果留存下来，不是能够这么想吗？"

冷读法，不经过事先准备，在面对面交流中读取对方心里的想法，是一种在闲聊中引出对方的信息，让人觉得我比你更懂你自己的话术。利用观察力和洞察力来获取对方的信息，然后巧妙地利用语言进行传达，使人相信我能够预知未来，通晓过去的一种方法。解释起来容易，但是在不知不觉中获得信息，且不让对方生疑，并坚信结果的这一过程实际上非常困难，需要高超技术的。

"我有点感兴趣了。"

"那挺好的，你去看看吧。"

"你要不要一起？"

"你在开玩笑吧。"

"我是认真的。"

"算了。"

我在简短的对话中试着邀请她，但还是被无情拒绝了。

但我也不能就这么轻易放弃。

"我一点也不懂占卜，你要是在的话我应该多少能容易明白点。"

"抱歉，我不去，你也知道我不是那种喜欢往人堆里钻的人吧？"

确实，处于话题中心的占卜师周围肯定少不了凑热闹的人，不光是学生，校内的大人们也可能会去，难以想象堀北在人头攒动的地方接受占卜的身影。

反正我也已经向她再次确认过了，再坚持下去只会让她不舒服。

而且我已经得到了堀北的回复，没必要再问下去，须藤应该也不会大做文章的。我果断放弃，挂断电话后给他发了信息，信息立刻被标记上了已读，他自然是不开心的。

随后他回复"我还是不去了"。

我果然只是个邀请堀北的工具，既然邀请不到，也就没有其他用处了。

算了，两个大男人一起去也挺奇怪的。

"可是……占卜……"

虽然谈不上有特别大的兴趣，但和堀北这么一聊，感觉还挺有意思的。

明天去看看情况吧。

1

我怎么会冒出来去看占卜师的想法呢？

"这可能是个错误的决定……"

在热空气的连续侵袭下，八月下旬的早晨如同地狱一般酷热难耐。

混凝土地面在阳光的炙烤下仿佛冒着热气。

宿舍还有大厅，甚至走廊上都安装了空调，所以不怎么能感受到炎热，可现在是夏天，在阳光直射下，汗水几乎喷薄欲出。

所以人类才越来越不中用了吧，我一面思考这个问题，一面拼命寻找庇荫处。

好在广阔的校园里种植了相当多的行道树，所以路上有不少庇荫处。现在是九点半，大部分的学生还没有开始外出活动，我的目的地是话题人物占卜师所在的地方，虽说开始时间是十点，但我不打算久待，我的目标是早点占卜完早点回家，可是随着和目的地之间的距离越来越近，我慢慢意识到事情可能和自己想的不太一样。

　　本以为现在不会有什么人的榉树购物中心四周聚集了众多身着夏装的学生，我在心里祈盼并不是所有人都要和我去同一个地方。总而言之，就先进去，逃离这难耐的酷暑吧，因为活动在五层举办，我打算找找附近的电梯。

　　"呃……"

　　看到电梯前聚集了数十名学生后，我不禁发出这样的声音。

　　有社交恐惧症的人应该会懂我的心情吧，我是那种在电梯里只剩自己一个人的时候会立刻连续快速按下关门键的人。我不擅长和许多同龄人一起待在这一密闭空间里，就连进入这一环境中也需要莫大的勇气。

　　虽然麻烦了点，我还是绕个远路，坐别的电梯吧。另一边的电梯没有其他人，相当于被我承包了。

　　"还好……"

　　费了点工夫，但能让我自在些，这真是个悲伤的故事。

　　我来到了占卜师所在的五层，可眼前的景象比刚刚还要让我困惑。

　　"全是情侣啊……"

　　大部分都是男女组队，也就是很可能处于恋人关系的人，里面当然也有男生和男生，女生和女生的组合，但毕竟是少数。

占卜占的原本就是这类东西吧。

测一测自己和他（她）的缘分还有未来，这本身没有什么特别的。

但是，这里给我的感觉比我之前想象的还要不舒服，毕竟没什么人会独自前来占卜，更何况我这样的男生。

不管怎么说，面前排了一长队，我就排在这儿吧。站在队尾管理队伍的女性店员看到我后，环顾了一下四周，前来向我搭话。

"早上好，您的同伴是要过一会儿才来吗？"

"同伴？就我一个人。"

身边确实都是一对一对的，但这个问法也是稀奇，一个人又怎么了。

"不好意思……"

她充满歉意地说道："两人一组才能接受老师的占卜……"

"一个人不行吗？"

她轻轻点头，指了指前方。前方确实写有注意事项，我刚刚因为队伍很长，没有仔细去看。

请注意，此活动需两人一组参加。

明白了，像我这样的单身人士是不应该出现在这里的，好在现在还没有接受登记，所以没必要难为情，就是处境有点尴尬。

此外，我还明白了须藤偏要拉上堀北的原因，在这一占卜规则作用下他就能和堀北一起排队，获得和她说话的机会。

"所以我从一开始就没被算进去……"

明白了这一切后，须藤之前的态度和所说的话全都变了味。

连顺便叫我一起参加都算不上，恐怕他还想着在我邀请到堀北后，找个理由把我赶走吧，我可真是惨。

"旁边的队伍也是一样吗？"

"是的，右近老师也只接受两人一组的占卜……"

"我知道了。"

我点了点头，离开队伍，排在我后面的学生向前迈了一步。

没想到事情会是这样的，在我的印象中，占卜就是一个老婆婆在街边摆个小摊，花点零钱就能卜一卦的东西。

没想到最近出现了这种迎合情侣的占卜形式，本来想着卜一卦也不是什么坏事，但现在看来也弄不成了，也没必要再去特意叫堀北，我还是老老实实回去吧。

"什么？一个人的话不能接受占卜？"

旁边的队伍里好像也有和我一样独自前来的人，听声音像是生气了。我怀着同情心看过去，结果和那个人对视了。

"啊。"

对方发出一声感叹，竟然是我认识的人。

我装作没看见，迈步离开，可不知为何，对方追了上来。

我略微加快脚步。

"等一下。"

可能是被看作正在逃跑了（实际上确实如此），对方追上来，抓住我的肩膀。

"有什么事？"

"堀北在哪儿？"

眼前的少女在提出疑问的同时，环顾四周，这是C班的伊吹澪，她也和须藤一样通过我来找堀北，她这么做我倒是能理解，但是能不能不要扯上我啊。

"我又不是时刻和她在一起，今天就我一个人。"

"啊，这样啊。"

之前无人岛考核的时候，伊吹作为间谍潜入D班，使得D班陷入了混乱，后来和堀北交手，进行了对决。自那之后她就一直视堀北为敌人，甚至是竞争对手。

她还是像平常那样板着脸，但干净整洁的私服让人很有好感，再成熟一点的话或许会很受欢迎。

"一般来说占卜不都是一对一的嘛，完全超出我的预料了，你不是这么想的吗？"

"是啊，我也有这种印象。"

"你不叫上堀北再来一次？"

不管是须藤还是伊吹，和我说话的时候，话题的中心总是不在场的堀北。

"不了，你要是那么想和堀北说话，就直接去找她，邀请她一起来占卜怎么样？"

"啊？我一点都不想，也没什么好说的。"

那你就不要三番五次地提起堀北。

"我本来就对占卜没什么太大兴趣，所以测不了也没什么，你呢？"

"我倒是想试一试……"

但规定必须是两人一组这一现实难题摆在面前，只能摇摇头把这种想法丢掉。

"也没有别的办法了，只能放弃，我不擅长表达。"

这句话是回答，可又感觉不太成立。她说自己不擅长表达，但她看上去并不像是佐仓那样和人对话都困难的类型。事实上我感觉她用的是一种平等……或者说是居高临下的强硬态度在和我说话。

"你可以叫上龙园。"

我开了个玩笑，结果她淋漓尽致地表现出了自己对龙园的厌恶感，狠狠瞪向我。

"我一点都不想在休息的时候见到他那张脸，你开什么玩笑？"

"你和他在船上也是一起行动的吧？正常来说不都会觉得你们关系很亲近吗？"

我将事实摆在她面前。

"……因为没有找出D班领导者我有责任。"

她小声答道。如果这是真的，那伊吹就是为了对那件事负责而和龙园一起行动的咯。虽然看不出事情全貌，但估计里面存在只有C班学生才知道的理由。不过可以确认的是在特别考核的前半段，无人岛生存战中，伊吹成功找出了堀北这个领导者，如果不是我从中阻拦，她无疑会为C班做出巨大贡献。

"我想问问你，生存战里D班的领导者是谁来着？"

"不清楚。"

"什么不清楚，你怎么可能不知道。"

"就算知道我也不可能告诉你，但我是真的不知道。D班的人基本上都不知道吧？只知道好像是堀北在幕后操作，进行了调整。"

伊吹看着我的眼睛，像是要把我看穿。

但是，我当然没有傻到会这么容易被她看出什么来。

"……哎，要是能简单弄清楚就不用大费周折了。"

伊吹耸了耸肩膀，像是放弃了。

"龙园不行的话就邀请你们班的女生呗，总有一两个朋友的吧。"

"有的话就好了，我超级讨厌班里的女生。"

连同班同学都被她列入了超级讨厌的名单里，看来所有在校生里估计没有一个她不讨厌的。伊吹和堀北一样……甚至比堀北还要反感别人。

这么说来这两个人很相像，或许通过什么机缘巧合能成为朋友。

"就像现在跟我这样说话一样，你也能和其他人正常交流的吧。我不觉得你不擅长和别人相处啊。"

"没有这回事，你在和我说话时也能感到的吧，带刺儿的感觉。"

"呃，这倒是。"

每次和伊吹说话的时候都会有一种被尖锐的断筋刀扎的感觉，这恐怕是伊吹对别人有距离感的表现。其他学生估计也会感受到这一点。

"因为无论如何都会变成这样，所以氛围总是很紧张，你明白吗？"

也就是说，她因为不擅长交流，连邀请朋友都做不到，先不说"不擅长"这个词用得对不对，还有一个原因，那就是她对包括同班同学在内的所有人都呈敌视态度。

感觉她在面对占卜师的时候也会用一种很强硬的态度。

"你明明说你不擅长和别人交流，还想要占卜啊。"

"这也是我烦恼的一点，就像是喜欢猫却对猫过敏那样。"

这确实是一件令人烦恼的事情，喜欢却接受不了。

"那你在 D 班做间谍还做得那么成功。"

虽然她一开始的时候不怎么亲近人，但在间谍活动中没有表现出带刺的感觉，D 班的学生们也没有怀疑，坦率接纳了伊吹。

"这两个问题不一样，总之我就是和别人说话的时候会紧张，神经变敏感，我不喜欢这种感觉，没办法啊，我也不想变成这样。欸，我为什么要和你说这些，被人误会了怎么办。"

伊吹转头面向了其他地方，中止了对话。

但这也是我想说的，回过神来周围的人已经都排好队了，只有我和她两个人站在远一点的地方，确实可能会被其他人误会。

因为紧张所以神经变敏感。

原来她不擅长交流的深层原因在这里啊，那解决方法可能意外简单。

即使不去寻找过去变紧张的根源，也能解决。

"你刚刚说了当间谍的那个时候不一样吧？"

"说了，那就是事实。"

"那个时候和平时有什么区别？"

伊吹听到这个问题后沉默了一下，然后说道：

"我不知道，但就是不一样。"

这回复就像是放弃思考了一样。

"看来你没有好好想过这个问题。"

"那肯定啊，细小差别怎么可能明白，我是演的。"

"不，答案可能出人意料地简单，之前的演戏和平时与别人交流多半是差在了认识的不同上。"

"认识？"

伊吹可能是对这个从未想到过的词产生了一点兴趣，把头转了回来。

"无论是谁，想到和对方是第一次见面的时候都会紧张，但那是因为意识到了什么东西所以紧张，和有没有演技并没有区别。"

不擅长和异性交往的人就算暗示自己"从现在开始自己就是活泼开朗的人"，然后带着这种对自己的暗示去参加联谊，也不会变得滔滔不绝，或是不紧张，照样发挥不出比平常好的实力。如果这个人因此变得会说话了，那只能是因为他从一开始就具备这样的实力。将人际交流当成运动神经来考虑就行了，是要看才能和日积月累的能力的。

也就是说伊吹拥有交流的能力，只是没办法将其顺利施展出来。

"你此前是因为被初次见面这件事情限制住了，自顾自想太多，导致紧张，所以才没能好好交流的不是吗？"

"什么意思？交际能力强的人暂且不说，一般人和陌生人初次见面的时候都会紧张吧。"

"当然，我也是这样，但是如果面对做生意的人也会紧张的话就有点过头了，比如说，你在面对便利店店员的时候也会紧张吗？"

"啊？"

"便利店里见到的店员大多是陌生人，会问你有点数卡吗，东西需要加热吗。你面对这样的店员是不会紧张的吧？"

"这个……"

紧张来源于你过于在意对方，人家会怎么看待我呢、希望留个好印象、希望对方是个好人，就是因为这么想，才会紧张。

潜入 D 班的伊吹那时并没有工夫去想这些事情，只能尽全力装作受害者的模样，她本就不想和别人说话，所以不过是什么都不想就顺利进行下去了。

因为她通过表现出和往常一样的厌恶感，成功装出了和 C 班对立的假象。

"被你这么一说，好像确实……"

"印象中和占卜师是需要面对面说话的，觉得紧张也很正常，但不过多考虑的话或许能缓解紧张感吧？"

"……原来如此，欸，我为什么一定要听你讲大道理。"

伊吹就像突然想起了什么一样，恶狠狠地盯着我，像是会立刻对我发动攻击。

"我独处的时间长了就会掌握这些没用的知识，开始思考自己为什么交不到朋友，还有刚刚说的和别人面对面时会紧张的人和不会紧张的人有哪些不同，最后还会思考人从哪儿来又到哪儿去。"

"可怕……感觉你这样的家伙以后会做很疯狂的事情，你是这种角色吗？"

"……谁知道呢。"

之前说得有点太深了，想要随便说两句糊弄过去，没想到变得更危险了，我可能给她留下了奇怪的印象。

"总之我要回去了，你呢？"

"那我也回去吧，反正一个人的话人家也不会给我测的，可惜我对天中杀是真有兴趣。"

"天中杀？"

我从来没有听说过这个词，不禁反问了一下。

"你连这个都不知道就到这里来？"

伊吹感叹道。我确实对占卜一无所知，但是来这儿让人家随便给我测一下也是我的自由吧。

"简单来说就是能够看到自己境遇不好的时候。"

我虽然听说过占卜的世界深不可测，但真能精准预测对方的未来吗？在我这个门外汉的印象中，占卜无非就是告诉人家穿戴红色物品呀、这个月小心丢东西呀这种程度的事情。但是根据伊吹所言，好像并非如此。

"我就是为了这个才来的，没想到竟然主要测的是谈恋爱的事情。"

她遗憾地回头望了一眼如长蛇般的队列。

"对学生来说这不是挺正常的嘛，但是应该也有跟你一样以天中杀为目的来这里的人。"

"那也没办法啊，人家要求两人一组。"

伊吹没有和我道别，径自离开了。

2

回家后我查询了与天中杀相关的内容，发现其中门道很深。

一九八〇年元旦前夕，天中杀成为世间热议话题，受到了广泛的关注。

但它在流行起来的同时，真实性也受到了质疑。一个有名的占卜师因为预测错误，被逼至引退的新闻曾轰动一时。

不能说占卜这个东西纯粹没有价值，但也不可陷太深，对其深信不疑。不过它还是充满魅力，吸引了相当多人的注意，好歹风靡一世，到了现代也还是有人相信，这应该能说明它还是有一定命中率的吧。

我的心里突然产生了好奇。

不管网上有关过去的记载有多真实，我也还是不能相信。

利用占卜预测未来、洞悉人类，这种事情是不可能的，所以我想要测试一下，证明它只是一个谎言，不过是冷读法的产物。

"只开到这个月月底啊。"

我查的时候发现这些占卜师在暑假结束后就会离开，不知道下次来会是什么时候。甚至有可能不会再有和占卜相关的人来到这所学校。

"就算是这样……"

我也没有可邀请的同伴，这就没辙了。

已经被堀北拒绝过一次了，而且我从一开始就没有勇气去约栉田。

感觉佐仓倒是会答应我的请求，可把她叫到全是情侣的地方或许会让她感到不舒服。

剩下的就是须藤、池、山内这些男同胞了，但他们估计也不想牺牲宝贵的休息时间来和我——两个大男人一起去占卜。

"……没别的选择了。"

我得出了这个简单的答案，毕竟在我有限的朋友圈里再怎么也找不出合适的人选。

说起来，以两人一组为前提的占卜形式也太不合理，不得不说，这一规定对那些和伊吹一样纯粹是对占卜有兴趣的人来说很不利。

我如此总结，不再上网搜索信息。

3

在我放弃后的第二天，我又再度前往了占卜师所在之处，不可思议。

理由只有一个，这几天太闲了。

"啊。"

在机缘巧合作用下，我和伊吹在同一时间同一地点再度相遇了。

"你怎么又来了……还是一个人。"

伊吹抱住自己的身体，表现出明显的厌恶。

"这恰巧也是我想说的。"

"我之前说过我喜欢占卜吧，我想着说不定一个人也能接收占卜。"

她是想着再和人家交涉一下，或者是期待规则发生变化而来的吧，伊吹原来对占卜这么感兴趣，我想知道她到底对占卜的什么地方感兴趣。

"我有一个单纯的疑问，伊吹你信这个？"

"我不能信吗？"

"我不是这个意思……这东西没有那么可信吧。"

并不是所有人都认为占卜术如堀北所说的那样建立在冷读法之类的话术之上，有很多人是相信其中的神奇力量的。

"这是对占卜有兴趣的人最初都会思考的问题，你要是丢弃不了这种想法的话，还是不要关注占卜了。"

"不信这个的人就没有资格接受占卜吗？"

"不是……先说明一下，我也并不是无条件相信占卜，但我明白，始终保持怀疑态度的人是无法从占卜中获得什么的。"

伊吹继续往下说：

"鄙视占卜之术的人大多心中存在矛盾，明明否认了神佛的存在，遇到困难的时候不还是一个劲求神拜佛。"

她这句话说得很好，那些强调无神论的人，大部分还是会向神佛祈祷，正月里会去寺庙参拜，双手合十，祈求无病无灾、生意兴隆、婚姻美满。占卜也是一样，每个人所相信的、所盼望的都不同，谁都没有否定的权利。

但我心中还是存有顾虑的，伊吹说的话我确实是懂了，但占卜和神佛不一样，是由真实存在的人进行的，我对这一点抱有疑问。

"你懂了？"

"嗯，你说得很明白。"

虽然尚存疑惑，伊吹想说的东西我是明白的，那就让我来提个建议吧。

"现在占卜需要两人一组，但应该并不是只能测恋爱相关的东西吧？"

"一般来说是这样。"

"那我们这次要不然就摒弃前嫌，一起去试试怎么样？我和你都单纯只是对占卜有兴趣，不会有问题的。"

我提议道。我对伊吹并没有什么别的意思。

印象不好不坏，就像是陌生人一样。

"我不介意……本来就想要占卜一下，但是你没关系吗？"

"我和堀北只是朋友。"

"不是这个，因为无人岛的事情而恨我的人不少吧。"

原来伊吹在为我考虑，担心我的同班同学看到我和她待在一起，会对我产生怀疑。

"几乎没有这种可能不是吗？"

伊吹没想明白。

"我不知道你是怎么得出这个答案的。"

"如果这里是那种寻求人人和谐相处的学校，那你所做的事情或许算得上是严重违反了道德规范，但这所学校追求实力至上，更何况上次是班级对抗战，有时候需要进行间谍活动或是阻碍活动什么的，不对吗？"

"但是从情感上还是有一部分人不能接受的吧，并不是所有人都明白这种事情。"

"那种人没有资格留在这所学校里。"

我将自己的想法清楚明白地表达出来，她架起胳膊短暂思考了一下。

"这么大言不惭啊。"

"我就是个差等生,对往上爬和除掉谁都没有兴趣,只想着要是能借堀北那种优等生的努力班级等级往上升了,就算自己走好运了。"

对于伊吹这种想要凭借自己的力量实现什么愿望的人来说,我这种想法引人嗤笑。

但是伊吹没有笑我,没有看扁我。

"不稀奇,这所学校的学生都是冲着毕业时的特权来的,可没想到要以这种方式进行竞争,现在一大半人都正不知所措。"

看来 C 班和 D 班的学生也没有那么大的差别,这么一来,在较早阶段就被龙园盯上,并委以间谍任务的伊吹在 C 班里能力应该算得上是相当高的。而且她在自己的真实身份被周围人知晓以后,就经常跟随龙园行动。虽然这家伙说自己是因为任务失败了才待在龙园身边的,但她应该是获得了龙园一定程度的信任才会这样。

我们达成一致意见,开始排队。昨天接待我的那个店员看到今天是两人一组后给了我们号码牌,前面好像还有八组。

"看来要等一会儿了。"

假如说一列一个占卜师,一组用时十分钟的话,那就要等一个多小时,要费点时间了,我们两个人接下来该怎么度过这一个多小时呢，聊肯定聊不了那么久。

"啊，你也别在意，我们两个人只是一起占卜的关系，没什么好聊的。"

"是啊……"

她看出了我心中所想，省去了我的麻烦。

4

"请下一组顾客入场。"

从前面小小的临时设施中传来了这样的声音，现在已经是晌午了。

"终于轮到我们了。"

每组用时将近十五分钟，我们站得相当久，差不多到极限了。我们穿过布帘进入占卜师所在的房间。

眼前的景象如同电视里经常看到的那样，灯光昏暗，厚重的书上放着一个链球大小的水晶球，氛围极佳。一个老婆婆披着斗篷，看不见她的表情，这个人应该就是占卜师了。

水晶球闪烁着光辉，仿佛立刻就要映照出我和伊吹的未来。

两把没有靠背的圆座椅被摆在了占卜师的面前，我们应该是要坐在这里。我们弯腰坐下，占卜师淡淡地笑了笑，移动右手。

"请先支付费用。"

她从下面取出一个小型的读卡器放在桌子上。

在神秘的占卜氛围笼罩下，突然出现现代文明的物品让人颇感违和，本来就没想着能免费，但没想到居然会被这么一下子拉回现实。

"能测什么呢？"

在拿出学生证之前，伊吹先提了个问题。

"学业、工作、恋爱等任何你想测的东西。"

她的笑声有些瘆人，给人一种压迫感，她不像是占卜师，更像是一个魔女。可桌边摆放的价格表实在让人出戏。

价格表上分类细致，刚刚占卜师所说的内容包含在基础套餐中，还有几个别的套餐，其中一个便和天中杀相关，此外还有能测到人生终点的。因为这场占卜活动本就是需要组队参加的，有许多和恋爱相关的内容，我在心里寻思着，这要是测出来两个人不合适那不就尴尬了嘛。但不管是哪个套餐，费用都超出了五千点，价格不菲。

"真是……贵啊。"

对于每日发愁没钱花的 D 班学生来说，这笔开销令人心痛。

可是都到这步了，要是不测一测自己的运势就回去，相当于白跑了一趟，虽然可以旁听一下伊吹的占卜结果，但又不知道其中有多少可信度。我拿出手机查看自己的剩余点数，还有六千点左右，差不多够了。

"我选择基础套餐。"

她之前明明说了自己喜欢占卜，但居然没有仔细占一卦的打算。

"你呢？"

"和她一样。"

就像是在快餐店点餐一样，我拿出学生证，"哔"，读卡器发出了过车站安检口时的清脆声响，意味着金额被扣除了。

"先从这边的姑娘开始，你叫什么名字？"

"伊吹，伊吹澪。"

"我在占卜时会看对方的脸、手还有心，还能看到你不愿意被人看到的东西。"

"随便。"

不知道伊吹是信还是不信，她并没有因为占卜师的话而产生任何动摇。透过斗篷的缝隙，可以看见占卜师那满是褶皱的皮肤以及她那锐利的目光。

她指示伊吹伸出双手，开始慢慢讲述占卜的结果。

"先是手相，你的生命线挺长，应该能长寿，也看不见什么大病的征兆……"

一开口就是这么老套的说辞，光凭手掌心上的几条线怎么可能看出寿命长短，我虽然知道自己不应该这么想，但还是在固有观念作用下忍不住去否定它。这真的是占卜师依据个人经验做出的判断吗？在我看来，只不过是利用客人大多身体健康这一点，一边观察对方脸色，一边做出的回答。

然后就是一些有关学业、财运和恋爱等老生常谈的东西。

一般说来这就跟诈骗一样，令人恼火，伊吹却很是满意，静静地听着占卜师的预测。占卜师基本上没有讲什么坏的方面，一个劲地描绘美好未来，有时会提醒她注意一下，不过并没有什么会威胁到生命安全的事情。

"谢谢您。"

占卜结束，伊吹尊敬地低头道谢，没想到这么快就轮到我了。

我的占卜顺序和刚刚伊吹的一样。

答案也和伊吹的类似，情况虽然稍有不同，但基本上说的也都是好事，时不时提醒我注意一下霉运，大概就是这么个套路。

"……原来如此，你年幼时过得很苦。"

这个说辞很是模糊，大概不少人在小时候都经历过磨难，尤其是男生，要是她能说得再详细点就好了。

而且预测未来的占卜为什么要提起过去的事情呢？

在我旁边的伊吹既没有插嘴也没有不耐烦，正入神地听着。

难道占卜就是这样的?

还是说追溯过往就是占卜过程中必要的仪式?

我还是不怎么相信占卜。

人做事都是顺着自己心意来的,把这会儿占卜到的幸运收进记忆的匣子里,明明和占卜没有半点关系,却会在幸运来临的时候把它搬出来解释一番。

啊,原来那个时候说的是这个。

但实际上并非如此,无论是谁,人生中总要经历大大小小的幸运或是不幸,肯定会中的。

"这个……"

占卜师停了下来。

"你是拥有天中杀宿命之人。"

"哇,真的假的?"

对这个结果感到惊讶的不光是我自己,还有占卜师本人和伊吹。天中杀这个词我是昨天才知道的,现在又冒出来个新词,我是真的混乱了。

"简单来说就是生来霉运缠身的意思。"

"还挺准的……"

这应该是她碰巧说对的吧。

不过内容还是颇为暧昧,稍微悲观点的人有不少都会这么看待自己的人生。

但是,天中杀并不多见,占卜师这么说是有风险的。

"我顺便问一下,这个天中杀宿命今后还会持续吗?"

"刚刚这个小姑娘解释说是生来霉运缠身,不够准确。"

"小姑娘……"

"天中杀宿命之人确实少见,但并不一定一生都不走运。有命途坎坷、感受不到家庭温暖等弊害,但效果因人而异,是成还是败都取决于自己。"

占卜师之前的表情还是很严峻的,可现在我从她的瞳孔深处似乎能看到一丝的慈悲。

"没必要悲观,但也不要太乐观。"

这几句话听起来颇有深意,但这毕竟只是占卜。

没必要过于当真。

我们从椅子上起身,正要离开,又被占卜师叫住了。

"我给你们提个建议,这之后不要绕远路,直接回家,否则可能会被其他事情绊住脚,长时间无法脱身,但就算脱不了身也不要慌张,冷静合作,必能攻克难关。"

她说了这样一番让人摸不着头脑的话。

5

"第一次占卜,你感觉怎么样?"

"你呢?"

"我还挺满意的,那个占卜师非常有名,听说算得很准。"

"是啊……这个职业看起来简单，实际操作起来也挺难的。"

"你什么意思？"

尽管一半以上都是老套的占卜用语，但她所说的话里面确实也有吓人一大跳的地方，光凭我提供的关键词是很难猜到那些的。

并不是只要活得够长，有一定的占卜经验便能够轻易推导出来。

"我以后不会随便小瞧占卜这门技术了，这就是我的感想。"

"哦。"

明明是她来问我的，听到回答后的反应却又这么冷淡。我们两个人走到了电梯附近。

"呃……又有这么多人。"

电梯前面围了好多学生，现在是进退两难。

"我要绕一下再回去。"

"我也是。"

看来伊吹的想法和我一样。

我们向着远处的另一个电梯走去，我想起了刚刚占卜师所说的话。

"对了，刚才……"

"占卜师叫我们不要绕远路。"

我和伊吹对视了一下，不知道该说这只是凑巧还是上天注定，我们现在确实是要绕远路……

"可能也挺有意思的吧，看看那个预言到底有多灵验。"

也有可能什么都不会发生，平安到家，然后在心里鄙视占卜之术。

我们顺利走到远处的电梯前，和我来的时候一样，这里没有其他人，等来的电梯里也同样空空如也，我们走了进去。

"你也去一层吧？"

"对，我打算直接回家。"

我们都不去其他地方了，按下一层的按钮，电梯门关闭。

开始缓慢移动。

我们没有什么可以再说的，都沉默着。可是不一会儿，在三层的按钮灯亮起后，电梯发出沉闷声响，随后停止运行。

好像不是有人要在三层上电梯的样子，应该是停在了从三层往下移动的途中，正当我们一阵困惑的时候，眼前出现了一瞬间的黑暗，但应急灯立刻亮起，避免了全黑的事态。

"难道是停电了？"

"可能是。"

实际遭遇过电梯故障的人并不多，如果这就是占卜师所说的意外事故的话，某种意义上叫她说中了。

"先打个应急电话吧。"

现在没有必要慌张，为了应对突发情况，电梯内装有监视器和紧急呼叫按钮（连接应急中心的电话）等设施，伊吹没有意见，背靠在电梯墙上，将这个任务交给了我。虽然我也不擅长和别人交流……我按下按钮，呼出电话。

但是……

"没有反应。"

不知道有没有响铃，电话没有连通应急中心的迹象。

"因为停电了，所以电话也打不出去？"

"不对，一般来说电梯都带有备用电池，可以维持数小时的电量，应急灯还亮着就是证据，看来是电话内部故障。"

我试着按了按听力障碍者专用的按钮，也没有反应，估计是按钮操作盘死机了。

好在备用电池还在工作，空调也在运转，可这到底是怎么一回事啊。

"你能用手机联系一下学校吗？应该有信号。"

"抱歉，能不能你来？"

"我知道你不想和别人说话，可这点事你还是能做的吧。"

"真是的……"

伊吹不情不愿地掏出手机，在看到屏幕的那一刻，她的脸色一下子就变了，她将屏幕拿给我看，上面显示电量不足，之后直接自动关机了。

"我不怎么用手机联系别人，所以经常等到手机自动关机了才意识到，还是你打吧。"

"没办法了……"

掏出手机，看到屏幕后的我僵住了。

"快打啊。"

"事情比我们想的还要严重。"

就像是伊吹刚刚对我做的那样，这回轮到我把手机屏幕转给伊吹看，上面显示只剩下百分之四的电量了，苟延残喘，濒临关机。

"你还总是拿别人当傻子。"

"你不也一样，平常连个聊天的对象都没有，也不烦恼。"

"不不，我现在就正郁闷着呢，你可真没用。"

"明明我们两个人现在处境是一样的，你还好意思说我……目前问题的关键是给谁打电话。"

虽说可以打 110 或是 119，但总觉得不太对劲，我们在校园里，应该还有其他能更快解决这个问题的方法，我赶紧看电梯里是不是写有紧急联系电话，结果在按钮操作盘的附近发现了一个十位的号码。

可是……不知道是谁的恶作剧，用马克笔把后四位数字涂黑了。

"怎么能这样……"

"给你认识的人打电话来救我们？"

"认识的人……"

只能这么做了，问题是给谁打呢。

"保险起见，打给堀北吧。"

"不行。"

"……就知道你会这么说。"

"这不就是相当于向她求助了嘛，开什么玩笑。"

说实话，现在找谁来帮忙都无所谓吧，又不会丢了她的脸，单纯电梯出了故障而已，没什么好在意的。

她应该是不想让竞争对手看到自己的弱点或者说是烦恼的一面吧。

"你不想引发骚乱对吧？"

伊吹轻轻点头。能够悄无声息把我们救出去的人，首先得把三傻排除掉，这种事被他们知道了的话，一定会到处宣扬的；佐仓倒是不会说出去，可就算拜托了她，也难以解决这个问题；又不好去联系其他大人，会给人家添麻烦；栅田和轻井泽也同样不适合。能够顺利解决这个问题，使事件最小化，能够指望得上的人……

"那么……"

在我的联络簿中，符合条件的只有那个男人。

"我明白你的意思，那选人就由我来吧。"

"只要不是堀北。"

她再度强调这一点。我立刻给那个男人打去了电话，在响铃数秒后，那个寡言的男人接起来了，我说明了目前的状况并向他求助。但没过多久，手机就黑屏了。

"没电了。"

"那个人会来救我们？"

"应该吧。"

现在就只能坐下来等了，我们并没有慌张，早晚会有人发现这个情况的，像电视剧和电影那样硬闯只会带来危险。

可事情却在朝着意想不到的方向发展，机械的重低音突然响彻电梯内，送来怡人凉风的空调停止了工作。

"不会吧……"

一直没把现在的情况当回事的伊吹也产生了动摇，在这一夏季的密闭空间里，温度是会急剧上升的，现在周围的空气温度还只是上升了一点，随着时间的流逝，我们很快就该流汗了。

"我们能不能靠自己的力量出去？"

"好像是有出口的……"

电梯的天花板处安有一个方形的救援出口，近来有这种出口的电梯也越来越少了。它经常出现在电影中，可事实上……

"那个要怎么打开啊?"

伊吹向上望去,她问到点子上了,通常来说,这种出口是无法从内侧打开的,只能是由救援人员从外侧打开,除了排查故障的时候,其余时间都会从外面锁上。

"还是什么都不做最好,电梯出现故障的时候,等待才是最明智的选择。"

这是最实在,也是最让人放心的方法了。

"如果你能忍受这个蒸笼的话。"

在我们毫无进展的对话过程中,室内的温度升了上来,我知道她也想早点出去,但还是不要冲动的好。我脱下一件上衣,坐在地上。

现在重要的是冷静下来,抑制体温上升。

"你要不要也坐下来?热的话脱了也行。"

"……什么?都这个时候了,你脑子里不会还有那种下三烂的想法吧。"

她应该是只理解了我的字面意思,警戒了起来。

"我知道你和堀北打过架,我怎么打得过你。"

"就是啊……"

"你要脱衣服的话我肯定会背过身去的,你放心。"

"我不会脱的。"

伊吹直接坐在了地上。

就这么等了大概三十分钟,情况没有发生任何变化。

"什么鬼……"

我喃喃自语道，而旁边伊吹的呼吸也变得急促了些。

我的汗水从额头上冒了出来，头上出的汗也顺着发尾滴下。衬衫完全湿透了，我们现在的状况越来越危险，远超当初的设想。

仔细想来，这台电梯位于榉树购物中心的外侧，平常因为有空调所以不觉得热，但实际上是非常容易聚集热气的。夏天的时候会发生把孩子忘在车里而造成的死亡事故，大人同样也受不了这种情况，简而言之，我们两个人开始出现了中暑症状。

"啊，我受不了了！必须行动起来！"

伊吹焦躁不堪，起身在电梯里施展拳脚，所踢之处深深地陷了下去，她又追了一脚，电梯产生了晃动但并没有开始运行。

"你不要浪费体力了……算了，看这个情况，就这么待着也不是个事。"

假如说在电梯停止运行五分钟后，外面的人发现了这一紧急事态，救援队估计能在三十分钟左右后赶到，现在差不多该来了。

再继续待在这一密闭空间里的话，免不了会中暑，甚至还会有生命危险，老实等待救援已经不再是一个正确的选择了。

"只能动手了……"

我不想在这个电梯桑拿房里被蒸熟。

"踢烂这张门？是不是要踢烂？"

在暑气的折磨下，伊吹不再冷静，她拼命抑制住自己想要暴走的冲动。

"不管能不能出去，先试试能不能把上面的救援出口打开吧。"

当务之急是打破这一密闭状态，就算出不去，只要能打开一个口就行。

"高度在……两米以上，两米二到两米三左右。"

我伸手也够不到。

"让开。"

我正计算着高度，伊吹一声令下叫我让到一边，她站在出口下方，纵身一跳。

完美的立定跳高，她张开右手手掌，径直向上推去。

但出口没有一点松动的迹象，而且在伊吹落地的冲击下，电梯产生了剧烈的摇晃。

"……锁上了。"

"是吧。"

如果只是盖住了的话，她刚刚的那一掌足以把它打开。

"你好像是早就猜到了是锁着的，那它是怎么上的锁？"

"不好说，应该用的是挂锁……怎么了？"

我也不知道她是什么意思。

"踢烂它。"

"不是，等一下，不可能的。"

她可能是对自己的脚力很是自信，但这不是能轻易破坏掉的东西。

"这个门是救援出口，是朝外开的，只能由救援人员打开，对我们来说这就是一张朝外开的门，没人在外面的话是开不了的。"

我说的话她不是不明白，主要是现在情况紧急。

而且这个门在顶上，不要说踢烂它了，脚都难以挨上它。

"不试试怎么知道。"

伊吹迫不及待地想要摆脱酷热，她看了看左右两边的墙壁，难道是打算踩着两边的墙上去吗？可就算是她能上去，我也不能让她这么干。

"……占卜师的预言算是实现了吧。"

"啊？什么意思？"

"那个老婆婆不是说了嘛，若是无法脱身，不要慌张，我们需要合作。"

我看向电梯的按钮处。

"应急按钮没有反应，试试其他按钮吧。"

一层的按钮还亮着，这意味着还有一部分电池在运作，我试着按下二层的按钮，于是二层的按钮也亮了起来。

　　也许只有按钮的灯能亮，但还是有尝试的价值。

　　我逐个按下按钮。

　　"看来没啥用。"

　　在我几乎按完了所有按钮后，伊吹来了一句。

　　"只能踢开了吧？"

　　"不，还有其他方法，电梯里应该还有类似取消指令的东西。"

　　我虽然不怎么了解电梯，但不知何时掌握了这一知识点。

　　可以在按错楼层的时候取消掉前一个指令，生产厂商不一样的话，可能做法也会不同，我记得应该是长按想要取消的楼层按钮。

　　我按住二层按钮不松手，闪着黄光的按钮果然灭了。

　　"我记得也有进入特急模式的指令……"

　　"特急？"

　　"举个例子，这里是三层，如果二层有人按了电梯按钮的话，就会停在二层，可要是发出了特急指令，便可以无视掉二层的乘梯人直接下到一层。"

　　不知道这个电梯有没有搭载特急指令。

　　"现在我们的问题在于如何触发这一指令……"

　　"有尝试的价值吗？"

"比踢烂天花板有用。"

但我实际上没指望靠这个让电梯再度运转起来，我的目的是给不再冷静的伊吹以希望，转变她的思考方向，赢取时间。

"你也想想吧，这一指令有很多种可能，试再多次都有可能碰不上对的。"

我连续按一层按钮，与此同时试着按下其他所有楼层的。

可电梯还是没有任何反应。

"该你了。"

"……好。"

伊吹站在按钮的前面，开始进行各种各样的尝试。

我需要想想如果真的没人来救我们的话该怎么办，我的意思不是直接采用伊吹的方法，不过确实有必要考虑一下踢破正门的方法，不能把它踢飞，但制造出来一个能够供人出入的裂缝也不是不可能。

我并不了解电梯的构造，只要能出去就行。

就是希望出去的方法能柔和点。

"我不知道什么取消和触发指令的方法，但能触发特急指令的肯定不是什么简单的按键组合吧。"

从常识角度来看确实如此，连按按钮什么的，小孩容易这么做，可要是一这么按就会进入特急模式的话，会给其他乘梯人带来很大的麻烦。

也就是说很有可能是不常见的按键组合，这是伊吹的推理。

"你这个想法不错……那最好把复杂指令的可能也排除掉。"

比如说需要在按下 1、6、5、5、4、2、4 等按钮后再按下目标楼层按钮，不仅难记，而且仅适用于六层及以上的较高建筑。

这个指令必须是三层左右的低层建筑也能用的。

"也可以把应急按钮排除出去吧。"

一般来说，只要按下应急按钮就会有反应，不好把它放进指令里面。

"所以……就是 1、2、3，还有开和关这五个按钮？"

"应该就是这几个的组合。"

要是比这还多的话就试不完了，伊吹开始尝试这些有限的组合，我则一边看着她试，一边排除掉错误答案。

"啊，太热了！"

她的手击打在墙壁上，以发泄心中因炎热而积聚起来的烦躁。本来是该叫她不要这么做的，可现在的她就只能靠这个来出气了。

"……开不了，全都试过了吧？"

"差不多了，就剩下……"

还有未尝试的指令，不能放弃这最后的可能。

"你能不能同时按下目标层和关门按钮？"

"关门按钮？好。"

伊吹都要放弃了，可还是试着按下了这个未曾尝试过的按键组合，电梯没有立刻做出反应，就在我们以为再次失败了的瞬间，电梯缓慢运作了起来。我们看向彼此，难掩心中的激动。

电梯很快就到了一层，门慢慢打开，室内的凉风一下子吹了进来，与此同时，两个大人看向我们，表情一下子就变了。

"你们没事吧？有没有受伤？"

"啊，没事，没有受伤，就是太热了。"

看我们身上出的汗应该就知道里面到底有多热了，他们可能也明白这一点，立刻给我们递来了运动饮料，然后叫我们去医务室接受身体检查，以防万一。

"不好意思，我想问一下，电梯再次运转难道是……"

"啊，因为我们在这儿直接操作了一下。"

一层可以进行特殊的远距离操作，他们应该就是这么做的。看来不是因为启动了特急模式，只是碰巧我们同时按下了按钮而已。

"……我们相当不走运。"

"这真是个灾难，我都不敢再占卜了。"

我理解伊吹为什么会想要这么说。

向大人们道过谢后，我走向了在不远处关注着这边情况的男人。

"你没事吧，绫小路？"

他担心地询问我，这和他硕大的身材很不相符。

"谢谢，看来你处理得不错。"

电梯的停运故障没有引起骚乱。

多亏这个男人——葛城。

"通过电话里得到的信息就够了。"

他不引人注目的恰当应对，可谓是完美。

"我接下来要去医务室，下次再好好谢你。"

"没这个必要，我之前欠了你还有须藤一个好大的人情，不管怎么说，我们不是一个班的，彼此之间存在着不可跨越的分界线，能相熟相知是件好事。"

"好在事情进展顺利。"

"嗯，须藤没有辜负我的期望，做得很好，希望你能再向他转达一下我的谢意。"

"好。"

"我还要感谢你绫小路，虽然是为了准备牢靠的证据，让你配合我的提议还真是为难你了。"

他不好意思地低头致谢，其实我现在对他同样也很是感激，如果再被电梯多关一会儿的话，我的脑袋恐怕都要坏掉了。

"要是又有了什么其他麻烦的话你就联系我吧，能帮上忙的地方我一定帮，当然，除了考试以外。"

他淡淡地笑了笑，离开之前还开了个玩笑。

不知不觉，我和眼前的这个男人——葛城的关系开始变得和同班同学的三傻一样好，甚至还要胜于那三个人。我又是怎么知道 A 班葛城的联系方式，并加深了和他的关系的呢？

事情要追溯到不久以前。

葛城康平原来也有烦恼

日本人平常也不怎么把宗教放在心上，然而，在生日和圣诞节等重要日子却受到了基督教很大的影响。

有一部分人当然是出于信仰，但这恐怕也可以称为是企业战略部署的成功，近年来万圣节成为热议话题走的也是这条老路。

我想说的是……生日在这所学校里也是一个大活动，这里的商场还有便利店等地方必定设有各种活动专区。

事情发生在电梯事件的一周前。

班里的治愈系美少女栉田发来信息一则。

下周三是井之头同学的生日，有时间的话，我们一起给她庆祝吧？

这条信息被转发在了我们的群聊小组里面。

井之头在D班是个比较朴素成熟的女生，和佐仓相似。

她的朋友也不多，而栉田的目的可能就是想通过生日和她搞好关系。收到这则消息的池自然没有理由拒绝，他对栉田有好感也不是一天两天了，想要利用这个活动离栉田更近些。

桔梗来消息了，我们给小心心准备礼物吧！

池积极赞成，与之相反，山内的反应却很慢。

可是啊，又没有点数……虽然说下个月会有一大笔点数进账。

是的，D班学生基本上都没多少点数，一部分学生在上次考核中获得不错成绩，奖励了不少个人点数，但令人悲伤的是这笔点数要九月一日才能进账。

我自己也所剩不多了。

暑假期间只能继续现在的贫穷生活。

当然没有闲钱拿出来去给别人过生日。

然而大前提是这几个男生是否打算各自准备一份礼物呢。

关系好的同学的话估计会这么做，然而我的朋友圈里似乎并没有和井之头要好的男生。

从众人那里收到礼物的井之头应该也会觉得难为情，即使只是便宜的小物件。

男生合资买一个礼物不就行了？估计一个人出五百点就能买到不错的东西吧。

我提议道。山内退了一步，觉得这样也可以接受，感觉他的手头也不宽裕。

可能是真的快要弹尽粮绝了。

八月初的时候发了八千七百点，相当于是八千七百日元。

虽然还达不到高中生的平均零用钱水平，但只要不乱花钱，还是能够有结余的。好在这所学校里有免费的食物，也不用担心没水喝，换句话说在这里不花一分钱也能活下去。

可即便如此大部分学生在临近月末的时候都会缺钱花，连刚入学时每月给十万点的时候也是这样，到头来还是有多少花多少。

最终大家在我的提议上达成一致，决定之后一起去买礼物。

1

切身感受着这把人都能热化了的暑气，我伸手擦去额头上的汗珠。

"啊……为什么最重要的桔梗不在啊！绫小路！"

池见面的第一句话就是抱怨枥田为什么没来，想要我给他个理由，可是枥田和堀北的行程又不是归我管，单纯是因为我好欺负吧，真的受够了。

"你冷静想一下，枥田又没有说过要和我们一起买礼物，你别想太多了。"

"我不接受！桔梗不在的话有什么意义啊！"

这就说得有点过了，他不能就这么否认我们这个集体的存在。

池他们白激动了，枥田已经邀请其他女生一起去买礼物了。

"几个大男人一起去买生日礼物，我没兴趣！"

　　我明白他的心情，我也不想和不修边幅的男生们一起行动。

　　话虽然这么说，我心里其实还是有点小兴奋的。

　　暑假里除了学校上课（考核）以外这还是我第一次和男生们见着面，其他人好像都会和朋友一起出去玩，去买东西呀，看电影什么的。

　　"为什么就我们三个大男人啊，太惨了吧，春树接下来就拜托你了，选一个小心心会喜欢的礼物。"

　　"开什么玩笑，是你提议的，谁说的谁去买！"

　　两人互相抱怨，只能由我来当这个和事佬。

　　"你们都少说两句，三个人一起去不就行了，须藤的那份钱也已经给我了。"

　　"可是没必要三个人一起去吧。"

　　"都到这里了，早点买完早点回家。"

　　就这么解散的话我心里未免会有些失落，还是将他们情绪稳定下来比较好。

　　"天这么热，在这儿说什么都费力又费时不是吗？"

　　"啊……真是的，我知道了，买完再回去，啊……真无聊。"

　　和明显心情一落千丈的那两个人不同，我迈着轻快的步伐向目的地走去。

　　这是我平常不会独自一人去的商场，里面的店铺鳞次栉比，我们还特意来到了女生们常去的店。店员是个成熟美女，店内装修也以粉色为基调，男生一个人是不会来的。

从毛绒玩具到手机配饰，各种和学业无关的东西一应俱全，学校就是拿它们来榨取学生个人点数的吧。

"哎，反正点数也是学校给的，不算吃亏。"

"你在嘀咕什么呢，你也想想该买什么啊。"

为了找到合适的礼物，我们接下来兵分三路，开始挑选各自中意的东西。我从一开始就没有挑选礼物的打算，完全不知道该选哪个好。

"她会喜欢什么呢……一点头绪都没有。"

这还是我第一次要送生日礼物给别人，不过因为是三个人共同出资，不知道能不能算进第一次这个范畴里，总的来说就是没有经验，而且还没有这方面的常识，能想到的就是什么玫瑰花束和戒指之类脱离一般常识的东西，那已经不是生日礼物了，直接到求婚阶段了，还是找找正常点的东西吧。

在店里转悠了一圈，和山内会合的时候，看到他拿着一个小白熊的毛绒玩具，而我手里的是一个手机壳。山内一看到我手里的东西就皱起了眉头。

"手机壳是什么鬼，首先小心心肯定有这个东西，而且她要是不喜欢这个款式怎么办。"

山内对我的选择进行了点评。

"……这样啊，那这个文件夹怎么样？"

我神秘兮兮地把准备好的另一个东西拿了出来，结果他的表情更严肃了。

"不不不，那个更不需要了，绫小路你真是一点品位都没有。"

"毛绒玩具什么的不占地方吗？"

派不上任何用场，只会浪费屋子里的空间。

"呃，可能是会占点地方，但能用来装饰房间，而且小心心喜欢这个白熊系列的东西，收到肯定会开心的。话说你这个选了手机壳和文件夹的男人真没资格来挑我选毛绒玩具的毛病。"

被山内这么一嘲笑，不知为何……我很受伤。

不过确实佩服他能够事先知晓对方的喜好，我顶多能勉强把井之头这个名字和脸对应起来，作为同班同学，关系的亲疏程度居然这么大。

"宽治去哪儿了？"

"不知道……"

我们在店里找了找，结果在钥匙圈架子那里看到了池。

看他样子很是认真，我们静悄悄地靠近他。

他拿下来了一个以橘子的形象为主题的吉祥物钥匙圈，可他手里已经有了一条好像是印着山内所说的那个白熊形象的毛巾。

"喂，宽治。"

"啊？吓……吓死人啦！"

池被耳边突然出现的声音吓到，差点就把钥匙圈扔出去了。

然后他像是要隐瞒什么一样，慌忙把钥匙圈放回架子上。

"你决定了吗？"

"嗯，感觉这个不错，白熊毛巾，哈哈哈……"

"那你为什么在看钥匙圈啊？"

"欸？就随便看看啊，要不然再去那边转转吧。"

面对想要转移话题的池，山内觉得有些奇怪。

"喜欢那个橘子吉祥物的不是篠原吗？"

这又是一个意外的名字，记得她是D班女生，在无人岛考核的时候好几次和池意见相左。

"是……是吗，我就想着这个会不会挺适合桔梗的，仅此而已啦。"

池虽然这么说，但神色明显不对劲。

"你不会是对篠原有意思吧？"

"啊？怎么可能，那个丑八怪！绝对不可能！"

和栉田比的话或许还差点，但还是很可爱的。

性格虽然有些强硬，但也算是女生的魅力所在。

"真的假的，感觉你格外奇怪，对吧，绫小路？"

"呃……不像是池正常的反应。"

他明明对长相差不多的女生都很欢迎，可偏偏极度讨厌篠原。

这或许是他在某种程度上对篠原有不一样感觉的证据。

可池不愿意承认，还坚定否决了。

"你们不要搞错了！那可是篠原啊？要是和那个凶巴巴的丑女在一起了，我会不好意思出门的，太委屈我了吧！"

"啊……"

我和山内同时注意到了某个人的存在，慌忙想要改变话题。

"知道了，知道了，你说得很明白了，选礼物吧。"

"不，你们不明白，听我说，她不仅长得丑，性格也差到不行，对吧？身材也干巴巴的，总之就是惨不忍睹。"

"好啦好啦！别说了宽治！你看你后面……"

"啊？后面？"

刚刚激情抒发完自己对篠原的厌恶，池慢慢回头。

那里站着已经怒发冲冠的篠原和她的朋友，其中还有栉田的身影，也是啊，来这儿挑选井之头的生日礼物没什么奇怪的。

"池这种人死不足惜！"

愤怒地喊完这句话后，篠原冲出了店门，池无言以对，呆呆看着篠原离去的背影。

"什……什么啊，还咒我死，丑人多作怪，对吧？"

池一副受了刺激还一个劲佯装冷静的样子。

我们也发表不出什么其他的感想，只能说句"是啊"来附和他。

"喂，绫小路，快看！是光头！"

想要转移话题，活跃一下气氛的山内突然抓住了我的肩膀说道。我一阵疑惑，但下一秒就懂了。一个不太适合这间可爱店铺的彪形大汉正背对着我们盯着商品架看。

是A班的葛城，他接着徘徊在店里，表情相当严肃。

"他是不是在偷东西？"

我在心里认为这是绝对不可能发生的，可还是在不知不觉中把自己藏起来，和池他们一起偷偷观察葛城，另外葛城的装束也让人浮想联翩。

这么热的天还用制服把自己包裹得严严实实的，他为什么要这么做呢？

他控制着自己的表情，左右观察周围的情况。

确实看上去是个像要下手作案的人。

我不知不觉间握住了口袋里的手机，要是能拍下他作案的照片，或许就掌握了一个重要武器。

但是，我改变主意了。

"为什么我要做到那个份儿上？"

"欸？绫小路你刚刚说什么了吗？"

"没事。"

葛城他偷不偷东西都和我没关系。

"哦，哦，他拿了个东西！"

池和山内就像是保安一样，擦亮眼睛等待着揭露他人的罪行。

可葛城又将拿到手里的扁盒子放回了陈列架上。

然后再度拿起旁边其他的盒子，再放回去，反反复复。

这不像是在物色要偷的东西，而是在犹豫买哪个。池也注意到了其中的差别，一脸惊讶地抬头看我。

"难道他小心翼翼地观察周围是不想被别人看到自己在给人买东西？"

"很有可能。"

这样一来就能说通了。

葛城来这里是为了给某个人买礼物。

注意周围情况是因为不想让别人知道这件事。

葛城终于选好了一个盒子，拿着它走向收银台。池他们从刚刚藏身的地方直接冲到葛城选择的礼物前面，那里堆着形状类似薄板的东西，池拿起一个看后面的商品信息。

"这是……巧克力啊！"

这应该是葛城买来送给谁的礼物。

但这件事似乎使得他们心中燃烧起了熊熊烈火。

"难……难道那个光头已经有女朋友了？"

"真的假的！这就是 A 班的力量啊！"

这么一件小事就把这两个人的嫉妒心给引出来了。

"也不一定吧？可能是单纯送给朋友的礼物什么的。"

"把包装得这么可爱的礼物送给朋友？可能吗？不可能的！"

"……呃。"

可爱的小盒子和包装用的丝带，确实难以把它们和送给朋友的礼物联想起来。

至少不像是送给男生的东西，那是送给关系好的女生的礼物吗？

这么想来，怀疑他有女朋友可能也挺合理的。

池他们再次看向结账中的葛城，躲在商品架后面搜集情报。

"是生日礼物吗？"

"是的。"

"配上生日贺卡吗？"

"麻烦了，日期是八月二十九日。"

这是葛城和店员的对话。现在似乎能够确认这是生日礼物了，那到底是送给谁的呢？池他们在听到后也开始悄悄地讨论。

"听到了吗？哪个女生二十九号生日啊？"

"不，不知道啊……今天是二十一号星期日……那就是下周一了，绫小路你知道吗？"

"不知道，完全没头绪。"

对女生的事情颇为了解的这两个人都不知道的话，我就更不可能了。

2

"喂……我都懒得再说了，为什么每次都要聚在我的房间里啊。"

夜晚，几位常客各自吃完晚饭后不知为何聚在了我房间里。

池和山内如约出席，还有枥田和结束了社团活动的须藤。

要是堀北也在的话就完美了。

"桔梗你会记其他女生的生日吗？"

"嗯，问过的都记下来了，你想知道谁的？"

"这个啊，她有可能不是 D 班的。"

"呃，高年级学生的生日说实话我几乎都不知道，但要是一年级的话还有可能。"

不愧是精通处世之道的枥田，为了避免忘记还认真记录下来了。

"那你知道有哪个女生是这个月二十九号的生日吗？"

"二十九号的生日？等一下啊。"

栉田拿出手机，打开了一个类似生日清单的东西。

她滑动页面查询了一会儿后，终于抬起了头。

"对不起，我所知道的人里面没有这一天生日的。"

"很可能是 A 班的。"

"A 班？嗯，但她们所有人的生日我都记录下来了。"

但还是没有生日在二十九号的女生。

"一年级所有女生的生日我应该都知道，但还是没有匹配的。"

这意味着那个人有可能是其他年级的学生，所以连拥有最广阔人脉网的栉田都不清楚，我们也没能得到想要的答案。

"所以很可能是高年级女生啊。"

池举起双手向后倒去，这下没辙了。

"这个二十九号生日的人怎么了？"

听到栉田提出的这个问题，池就像是期待已久一样，意味深长地解释道。

"你知道 A 班有个叫葛城的光头吧？"

"嗯，葛城同学是他们班里的领导者，挺有名的，之前的考核和我在一组。"

"那个光头要在二十九号送生日礼物给某个人，笑死了。"

池反复提到光头这个词，栉田提醒了一下他……

"那是因为葛城同学从小得了秃头症，我们不能取笑别人哦。"

"唔……"

被栉田当面这么一说，原本得意忘形的池沉默了。年纪轻轻就没了头发，排除追求时尚潮流的可能性，那就几乎只有疾病这一种可能了。

嘲笑生病者的行为是可耻的，池自己应该也很明白这一点，但还要拿人家的病痛当笑话三番五次地说，反而会使得别人对自己的好感度降低。

"以后就好好叫人家的名字吧。"

"当……当然了，对不起啊，桔梗，让你不开心了。"

"没事的，你明白了就好，希望你以后能改过来。"

这件事先告一段落，而果然还是想借此机会把另外一件事也说了的栉田，并没有停顿太久。

"还有今天篠原同学的事情……"

"唔……"

这是池想要忘记的事情，但他阻止不了栉田继续往下说：

"我不说你也明白的吧？"

栉田特意没有提及内容，态度温柔。

"……我会向她道歉的。"

"嗯，我相信篠原同学也会原谅你的。"

池虽然不太服气，但可能因为人在栉田面前，所以老老实实地表现出了自己的悔意，只能用眼神瞪着在一旁咯咯笑的山内。不管怎么样，多亏了桔田，池可能有了些许的成长。

"回到葛城同学要给谁送生日礼物这个问题上。"

"对对，桔梗你有什么头绪吗？"

桔田像是在大脑中进行着检索，过了一会儿，她摇了摇头，应该是没有收获。

"是要给谁呢，葛城同学不像是那么轻浮的人啊。"

"至少现在不像。"随后她又加了一句。

"有可能是高年级学姐吧。"

"对，很可能只是我不知道那个人的生日。"

入学还没多久就开始和高年级学姐交往，或者说是发展到了送生日礼物的关系，如果真是这样的话就厉害了，不愧是 A 班的领导者，佩服佩服。

不过，现在就能确定是高年级学姐吗？感觉还需要从其他方面再考虑一下，可现场的气氛已经控制不住了。

"既然如此我们就把葛城的女朋友给找出来吧！"

不行，我还是应该指出有别的可能。

"就这么直接认定是高年级女生吗？"

"桔梗都说了一年级女生里面没有二十九号生日的了，除此之外没有别的可能了吧，难道是堀北同学？"

池的发言毫无根据，但也排除不了这种可能性。

"这倒是……"

"你们不要胡说八道！"

一直沉默着的须藤抓起池的胸襟，转头瞪向我。

"欸！我只是说有可能！"

"喂，绫小路，铃音的生日是什么时候啊？"

"我不知道。"

"什么啊，真没用。"

我怎么可能知道！

"正常来想的话，这所学校里不会有人知道她的生日。"

估计唯一知道的人就是学生会长，也就是她哥哥堀北学了。

"这样啊，连我和绫小路都不知道，葛城那家伙怎么可能知道。"

"我知道哦，堀北同学的生日是二月十五日，所以她和这次的事情没有任何关系。"

"……厉害啊，栉田。"

我对她的钦佩脱口而出，居然连堀北的生日她都知道。我本以为就算是栉田也掌握不了像堀北和伊吹那种性格乖张的人的个人信息，特别是堀北的。因为栉田讨厌堀北，堀北也不喜欢栉田，这件事只有我和当事人知道。这两个人不可能相互交换生日信息，即使栉田是从别人那里听来的，堀北平常也并不轻易和别人说话。所以我发自内心地佩服栉田。

"二月十五日啊，这个消息不错。"

须藤坏笑了一下。而被他的手臂缠住脖子的池已经脸色发青，开始蹬脚了。

"哦，不好意思，我忘了。"

"咳咳咳，你不知道自己力气有多大吗？注意着点！"

"谁让你说些不着调的话。"

"那你也对绫小路做这个啊！为什么冲着我一个人来？"

"因为你离我最近了。"

"你这个单细胞生物！"

"啊？"

须藤再次伸手要抓起池的前襟，池慌忙躲开。真希望他们不要在我的房间里胡闹，感觉最近都会有人来找我投诉我这儿太吵。

"偏题了，我想说的是还有其他可能，比如说老师，或者是榉树城里的店员，今天在店里看到的那个美女也有可能吧？"

"是哦，听你这么一说我也觉得有可能。"

总之现在不能让大家直接确定那个人的身份为高年级学生。

我想让大家知道，搞清楚这个人的身份不容易，最好先把这个问题放在一边。

"我们不去纠结这个问题怎么样？"

"你能忍我不能忍！那个光头可是有着大度的成熟女朋友！"

就算他有着这样理想的女朋友，我也不会像池他们一样嫉妒到不行。

"A 班学生受年长者欢迎也挺正常。"

而我们是 D 班，长得好看点性格好点也不会有女生喜欢。

不对……

平田就不光是在同年级学生里，连在高年级学生中间都有着人气，还有高圆寺，也有一定的高年级学生支持他。

应该是我和池他们身上有着某种共通的不受欢迎要素。

"我就是讨厌他在我之前找到女朋友！"

"那也没办法吧。"

"谁说的，就算他厉害，也不代表我就一定会输。"

须藤"啪"的一声拍向自己强健的大腿。

"篮球是一种为了胜利不择手段的运动，可能会根据需要违反一些规则，其中好胜心很重要。要是送礼物能够拉近和女生的距离，那我们给他横插一脚就行了。"

太不择手段了，可如果这是一场比赛的话，须藤的想法是完美的，我也会选择这么做，但这次完全是出于个人的嫉妒，并不该被鼓励。

然而现在的须藤和平常的他不一样，看起来气势非常足。

"对了，马上就要比赛了。"

山内意识到了这一点，看着须藤说道。

"嗯，周四开始，不知道需不需要我出场，但我已经做好万全准备，可以随时上场。"

"啪"，他的右拳和左掌相撞，展现出自己绝佳的状态。

"好，就这样！我们去给他使绊子！"

没想到须藤的荒唐想法受到了池的支持。

"栉田你快说说他们。"

"不能做这种事情哦，宽治同学。"

"欸，这个……桔梗你也想知道葛城的那个'她'是谁吧？"

"我虽然也想知道他要把礼物给谁，但不能妨碍人家啊。"

好不容易因为给人使绊子而炒热的气氛又被泼了冷水，池有些不乐意了。

"栉田说得对。"

可能是因为我借栉田的手制止了他们的行动让他不开心了，或者是他一直因为篠原的事情而不爽，池对我说道：

"那绫小路你去查吧，看葛城要把礼物给谁。"

"我可做不到。"

"做不到也要去做，反正你没事干。"

这一点倒是无法反驳……可是，这么想知道的话你自己去查不就得了。

"查也查不到的，我和他不是一个班，又不熟。"

不清楚联系方式和房间号，只知道个姓氏，连全名叫什么也不知道，这要我怎么查。

"我知道葛城同学的联系方式，需要我告诉你吗？"

"……"

对哦……身边这个美少女的交友范围堪称年级第一，连堀北的生日都知道，更何况是葛城的电话。

"你是怎么知道的？"

"之前的特别考核我们在一个组里，那时候他告诉我的。"

原来如此，在那种场合还能抓住机会交换联系方式，实在是厉害。

"我现在告诉你？"

"不，等一下，我突然联系他的话，他会吓一跳的吧。"

也有可能因为是没见过的来电号码而直接被他无视掉。

"是你不让我们去妨碍他的，所以这就是你该做的。"

"怎么能这么说……"

"我也想知道，你快给我去调查一下。"

须藤对我颐指气使。

"你不自己去查吗？"

"啊？我直到周四比赛前都没时间，要抓紧时间训练。"

他拿社团活动来当挡箭牌，我无法反驳，结果他直接瞪了过来：

"你想要我动手吗？"

须藤活动手腕，可能是打算锁我的头，在场的所有人里面数我最没有发言权，被盯上了也就无路可逃。

"……知道了，我明天去查查看，但你们不要太过期待了，还不知道结果如何。"

现在就先这么糊弄过去吧。

随便查一查，过几天报告说没查出什么就行。

3

"好热……热死个人啦……"

第二天，我等在林荫道上，伺机窥探葛城的行踪。这里是通往各年级宿舍的分岔路口，要想和高年级学生接触必然会经过这里。

商店林立的榉树购物中心还有学校也在前面，葛城不管去哪里都逃不过我的眼睛。本来在大厅里一边乘凉一边等人更好，可遗憾的是那里已经被不认识的其他班女生占领了。就和站在想进去的店门口，因为里面几乎没有空座位而犹豫要不要进去的感觉一样，我的心还没有成熟到可以从所剩无几的空座位中选一个慢慢坐下放松的程度。

有时会有一群人路过这里，可能是要一起去玩，气氛很是融洽。大家全都穿的是自己的衣服，我就想起葛城昨天身穿学校制服的样子，百思不得其解。虽然学校并没有规定暑假期间不能穿制服，可是制服包得紧紧的，穿着会非常热，平白无故就穿这个出门缺少说服力。如果葛城穿的是夏季制服的话我多少还能理解，可他穿的却是长袖。我最近注意到了，制服也是有好几种特别款的，其中就有价格高昂的夏装，它自然和我这种永远缺钱的人无缘，班里的女生们虽然一直想要但还是忍耐着迟迟没有入手。言归正传，在假期穿自己的衣服外出的常态中，他特地穿制服的理由是……

不可思议，这个问题好像是能够把这类人都给吸引过来，定睛一看，乐意穿制服的学生好像也不少。

从高年级居住的宿舍方向走来了一男一女，在看到我后，那两个人改变了行进方向，向我靠近。

"好久不见。"

"我还想着这么热还穿着制服的人是谁呢，原来是堀北的哥哥啊……"

和葛城不一样，这两个人穿的是夏季制服，但我在休息日看到穿制服的人就是会觉得奇怪。

"哇！会长，看这个人的表情好像不太乐意见到我们呢。"

这个表情只是为了让他们明白我的意思而做给他们看的，但是堀北哥哥旁边的女生，三年级的橘书记却夸张地讲了出来。不过，为什么女生的制服和男生的不一样，完全不给人闷热的感觉。要是我们男生也能感受到这种清凉就好了，那我肯定不再多抱怨什么。

"现在可是暑假，学生会怎么看上去还是好忙的样子。"

橘书记甚至还抱着类似笔记本一样的东西。

我有一瞬间都要误以为第二学期已经开始了。

"学生会办公室在利用暑假进行装修，直到今天才完工。"

在学生会长开口之前，橘书记员对我解释道。

"这样啊，那你们走吧。"

"哇，明明是你问的，给的反应可真够平淡。对了，你能不能说话的时候注意点，你知道这位是谁吗？是这所学校的学生会长！"

这我知道，我还知道他很有可能拥有着极大的权力。

一开始的时候出于尊敬，我还是认为自己该用敬语和人家说话的，但后来不知不觉间就没用了，而且堀北的哥哥好像也不在意这点，我也就不顾忌那么多了。连橘书记也和我心中对她的印象非常不同，本以为她会是那种更加认真严肃的人，但实际给人的感觉反而是相当轻松的。

"你要像学校一样扣点数吗？不好意思，我可没什么点数。"

我回了一嘴。本以为堀北的哥哥不会愿意再搭理我这样的人，没想到他不仅没走，反而眯起眼睛，说了件很荒唐的事情。

"绫小路，你要是这之后没事的话能不能和我聊聊？"

"啊，会长？"

橘书记惊讶于学生会长对我的邀请，我自己也一样。但是……

"我很忙，抱歉。"

"欸欸！你居然拒绝？"

她又因为我拒绝了会长的提议而不敢相信自己的耳朵。

"那你什么时候有时间？我可以配合你，开学以后也行。"

看来堀北哥哥是不会放弃了。

在大部分情况下把问题拖到以后解决不是一件好事，而且可能会因此花掉我更长的时间，所以还不如现在速战速决。

"那你现在说吧，在做下一件事情之前我还有一点时间。"

"你刚还说自己很忙！"

我把来自橘书记的吐槽全部当了耳旁风。

"你接下来打算去哪儿？我们可以先陪你过去。"

"啊……我在等人，不太想离开这里。"

"可这里不热吗？不适合拿来当集合点。"

"我也是这么认为的。"

我太伟大了，就算是热也要坚守阵地，自卖自夸吧。

"偶尔这么站着说说话也挺好的，橘你要是受不了的话可以先回宿舍。"

"不要，我的直觉告诉我不能让会长您单独和这个人待在一起！"

她对学生会长尊敬地说道，跟贴身保镖一样紧跟在人家身边。

"学生会已经收到了相关结果报告，无人岛考核还有船上考核都不容易吧？"

"学生会权力可真是大呢，还能收到考核结果。"

"但并不知道详细情况，比如个人活跃度什么的。"

"那就好。"

"那可不嘛，这样你逊色的表现就不会暴露了。"

这个人三番五次找我的茬，不知道她是从什么时候开始针对我的，原因或许是我和学生会长说话的时候语气没有那么尊敬吧。

"但天底下没有不透风的墙，我知道你在无人岛的时候赢了其他班级以及你所在的兔组里 D 班的优待者最终没有被发现的事情。"

刚还说不知道详细情况，现在又滔滔不绝讲了这么多，让人不禁怀疑他在与谁勾结。

"还有堀北铃音的名字在无人岛考核后也被报了上来，据说是她带领 D 班赢过了其他班，但是我认为，真正操作这件事的人是你。"

他好像是确信了这一点，语气相当冷静。

"你太高看我了。"

"那你要怎么解释领导人的名字最终变成了你的？"

"……你连这个也知道啊？"

"知道这件事的只有我、特别考核委员和参与的老师。橘书记员刚刚也是第一次听说，一般的学生是不会知道的，你放心。"

这一点都不让人放心，这个男人到底拥有多大的权力？普通学校里的学生会就是个摆设，在这所学校里又是怎么一回事？

"学生会到底是什么？"

"学生会本身没有任何力量，是要看坐在那个位置上的人的能力高低。"

"你这话可真够厉害的，之前倒也听人说过，你真的是 A 班的吧？"

我知道这种事情没必要再次确认，但是这个时候想再问一下。

"这还用得着问吗？当然！"

"但是我有点不明白，堀北和我有什么不一样的？光看数据的话她要比我优秀得多，我不知道你为什么要关注 D 班的我。"

"你误会了一点，我并不认为 D 班的人都是愚蠢的，因为这所学校在分配班级的时候并不只看能力的优劣。"

"那个，会长……我可能有点多嘴，但您是不是和他说得太多了？"

"没事，这个人自然知道这一点。"

他到底要高看我到什么时候。

自从奇妙的初次见面之后，这位学生会长大人就对我格外执着。

"那你为什么要否认堀北？难道不是因为她是 D 班的？"

"不管环境如何，她是我的妹妹，我十分清楚她的能力，她就是一个应该被分配到 D 班的差生，不上不下。"

这个人对自己的妹妹可真是严格。

"所有的计划都是堀北想出来的，你妹妹只有我这么一个朋友，所以她把一些事情拜托给了我。"

"不对，她可想不出来。"

　　可能是因为作为兄妹常年生活在一起，会长对他妹妹的想法了如指掌。不过，我终于明白了，这个人关注我的其中一个理由，恐怕和茶柱老师是一样的。

　　如果他看穿我在入学考试的时候全科目考五十分的真正用意，那应该也注意到了我履历书和内申书①上的不同。

　　"你不要像跟踪狂一样搜罗别人的个人信息了，我只想老老实实度过校园生活。"

　　我抱怨道。结果学生会长在抬了一下眼镜后又说了一句让人大跌眼镜的话。

　　"这个问题我之前也问过你一次，你要不要进入学生会？"

　　橘书记睁大双眼，很是慌张，看来这句话很是惊人。

　　"学生会这么不慌不忙啊，还没招满人吗？"

　　"会……会长？学生会之前不是已经录取了一个一年级女生吗？应该已经招满了吧？"

　　橘将自己的疑惑通过眼神传达给会长，这个人所说的话出乎了所有人的预料。

　　"还有最后一个席位吧。"

　　"最后一个……难……难道？"

---

①　指日本升学选拔时，向志愿学校提出的参考成绩。

"绫小路，如果你愿意的话，我可以利用我的权力，让你坐上副会长的位置。"

橘书记员听了吓得直往后退，通过和她的接触，我发觉她真是个有意思的人。

"这种事前所未有！一年级的而且还是 D 班的这么一个没有礼貌的男生突然成为副会长这种事！"

"我的回答还是一样，我不去。"

"你竟然直接拒绝了！"

真是奇怪，他应该不是在开玩笑，可他对我的评价和态度都异乎寻常。堀北哥哥确实手里有一些信息，要是和池、山内（对不起了）比的话他可能确实会选我，但是葛城、一之濑、平田，光从能力高低上来讲的话还有高圆寺，等等，拥有极高潜力的学生众多，完全没有理由偏要选我。

是有什么非我不可的隐情吗？

"身为学生会长的我可能不该说这件事，但我还是想告诉你，明年开始这所学校或许会大变样，而且还是朝着一个不佳的方向，为了到那时也能够守住目前的规定，必须从现在开始就组成能与之对抗的势力，虽然现在已经很晚了，但我越来越觉得这很有必要。"

"会长，你说的是南云同学未来当上学生会长以后的事情吧？我不觉得他会做出什么不利于学校的事情来啊……"

　　我没有在一年级学生中听说过南云这个名字，堀北哥哥刚刚说的是明年开始发生变化，那这个人应该是二年级的学生吧。

　　"一般来说，学生会里可以设置两个副会长，虽然往年这个位置上都只有一个人，但要是想再加一个人也不是不可能的。"

　　"不，不行不行，会长，这不可能……南云同学是不会同意的。"

　　"我不知道什么副会长，什么南云，反正我是不会去的，待遇再好也不去。等你毕业不就离开这所学校了，你没必要为剩下的学生担心，还是说……"

　　我特意停顿了一下，让我接下来的话听起来更有分量。

　　"要是你说担心你妹妹，想让我帮你的话，那我还有可能和你商量商量这件事。"

　　"……这样啊。"

　　听我这么一说，这个人估计就不会再拜托我了。事实也确实如此，他像是完全放弃了一样，不再提学生会的事情。

　　"抱歉，占用了你的时间，我要和你说的只有这件事，随时欢迎你来学生会喝茶。"

　　原来连这个在学校里建立起了牢固地位的男人都有不安之处。

深感意外的我正要离开……我不能走，我必须等待葛城。

4

事态发生转变是在和堀北哥哥说完话的大约三十分钟之后。和昨天的装扮完全相同的葛城慢悠悠地朝交叉口这边走来。我站在离路边稍有点距离的地方观望，发现了他手里拿着的应该是昨天那家商店的袋子。

"这是怎么一回事？"

现在离二十九号还有些日子，正常应该是放在房间里好好保管的，但他现在拿出来，是打算直接送那个人吗？而且他还穿着制服。穿着正装可以理解，但这么热的天他这副打扮送人礼物的画面，说实话我不太想看。

我屏住呼吸观察葛城要往哪儿去，他很快到达交叉口，但并没有走上通往高年级学生宿舍的路，而是向着超出我意料的方向走去。

是那条通往学校的路。我小心翼翼跟在他后面。

"原来他是因为这个才穿的制服……"

并不是因为喜欢，而是为了进学校，我想明白了。

葛城直接走正门进入教学楼。

但这下我就没办法跟着他了。

穿着私服是不被允许进入学校的。

你见到葛城了吗？

手机振动，屏幕上出现了这样一条聊天信息，应该是发件人悠悠闲闲待在自己的房间里发来的。

我特意不点开看，这样信息就不会被标记上已读。我将手机收好后，改变方向，前往昨天选礼物的那家商店。因为想知道别的店里在卖什么样的礼物，所以又去女生应该会喜欢的其他店铺里瞧了瞧，最后又回到了昨天葛城买礼物的那家店。走到堆叠了许多装有巧克力盒子的架子前面，我之前还觉得他会不会有可能是给男生买的，但现在再一看，这种可能性很小，因为上面还有着心型符号等基本上只有女生才会用的装饰。

"噗哈哈，是啊。"

店里变得吵闹起来，有女生从我背后走过。

这时，我的背部受到了轻微的撞击。

"啊。"

我的胳膊肘碰到了堆叠起来的商品，结果那堆起来的巧克力山像发生了雪崩一般纷纷滑落，那些女生并没有注意到这边发生的惨剧，她们专注于聊天，走开了。

"真是的……"

我虽然知道自己没有什么存在感，但还是希望别人能注意一点。

"你在干什么？"

"欸……"

我正在拼命地将堆起来的商品恢复原状，突然有一个身形高大的男生从身后搭话。是去了学校的葛城，他现在正俯视着我，一脸奇怪。

"我是来买……生日礼物的。"

情急之下我只能这么说了。葛城看到散落的礼品盒后，弯下庞大的身躯帮我一个个捡起来。

"啊，不用了，我自己捡。"

"别想太多，其他顾客看到了会不高兴的，还是快点收拾比较好，两个人比一个人快。"他很自然地来帮我的忙。

虽然我还去了其他店铺，但总共加起来也就三十分钟左右的时间，他在这期间解决了学校里的事情吗？可葛城的手上还拿着这个店铺的袋子，我悄悄往里一看，是包装成礼物样式的扁盒子，他还没有送出去。

"这样就行了吧。"

我们两人很快就将商品架子恢复了原状，还好没有被店员和其他客人看到。

"谢谢你。"

我觉得葛城是个好人，无人岛考核的时候，他也帮忙看守了我们发现的玉米，展现出了自己的善意。在班级对决的时候他自然是毫不手软的，但感觉他的人品绝对不差。

"是送给女朋友的吗？"

"欸？不是，不是给女朋友，是班里的同学，我下次再买。"

因为并不是真的要买，我往后退了几步，葛城也跟了上来，我决定和他聊一聊，看看能不能搜集到什么信息。

"你也是来买生日礼物的？"

"嗯？你为什么这么认为？"

"你手里拿着这家店的袋子，还和我一样站在了商品架前面。"

"哦，确实，挺显而易见的。"

他可能是接受了我的解释，看着我的眼睛，点了点头。

"我不知道该买什么好，正发愁呢，你买了什么？"

"很普通的东西，正好就是你弄倒的巧克力，这个店里的东西还是挺全的，不过人各有爱，你可以再去别的店里看看。"

他没有说是给谁买的，我也没有问，两人一起出了店。

"你为什么要穿着制服？"

我当然没有提昨天的事情，这两天葛城一直穿着制服，我这么问也很自然。

"去学校必须穿制服，没办法。"

"所以你是去学校了？"

我当然是知道答案的。

接下来就该问他是去给谁了，不过，葛城的手里还拿着那个礼物。

本以为自己能得到想要的信息了，可惜并没有如我的愿。

"嗯，有些私事。"他没有细说，但他往学校方向看了一眼，好像有心事："你想过待在这所学校里的弊端吗？"

"弊端？"

"嗯，没有班级差别，会平等降临在每个在校生头上的事情。"

这像是给我出了一道谜题，我一时想不出答案来。如果有班级差别的话，根据具体情况，是会有困扰的地方，之前 D 班就曾为点数不足而烦恼过，但是 A 班自然是不太可能烦恼这个的。

"每一个在校生"，根据这个条件也能排除掉上面那种可能，那到底是什么呢。

我认真思索答案，但还是一无所获。

"你不知道吗？每个人都会有自己的困扰，但共通的就是'无法和外界取得联系'这件事了。"

"啊，原来是这个。"

因为这对我来说没有坏处，只有好处，所以我根本没往这方面想，但一般来说这确实是个弊端。

"你不想和父母兄弟联系吗？"

"呃，我暂且不提，感觉挺多人都说过这样的话。"

特别是女生里有好多人都说过自己觉得有些孤单，但是这所学校对信息泄露是很严格的，不允许和外界取得任何联系，要是不小心违反了这一规定，那后果绝不会是口头批评两句这么简单。

"不过学校对我们很好，也不至于有什么不满对吧？"

"确实，点数制度和完善的生活学习设施都是一般学生所享受不到的东西。"

还有就是以 A 班毕业时的丰厚待遇。

欸，我为什么很自然地在和葛城聊天呢？还是在这无所事事的暑假里。

"你和堀北关系不错啊。"

"流言传得那么开了吗？"

"流言？我记得之前遇见你的时候，你们两个也是一起行动的。"

"孽缘啊，我们两个人座位相邻，所以才开始说话的。"

我觉得这在学校里并不少见，葛城也明白了，他点了点头。

"这样啊，我其实对其他班的事情知道得不多，让你不舒服了的话一定要原谅我，我没有别的意思。"

"最近总是有人问我这个，没关系的，毕竟堀北比较引人注目。"

"是啊。"

他简短附和了一句，不再继续说这个了。

"其实这已经是我去过的第三家店了，我是那种一纠结就没完没了的性格，虽然仅仅是个礼物，但一考虑到收礼物的人的心情就没办法立即做出决定。"

他这么烦恼，到底是要送给谁呢，我再试探一下吧。

"你好郑重其事啊，没想到你居然会给别人买生日礼物。"

"给别人庆祝生日很奇怪吗？"

至少如果是这个光头巨汉的话就会有违和感，当然了，这完全就是偏见，这世上也有在雨中的高架桥下救助小猫的不良少年。

"你说吧，你是打算送给谁？"

我直奔主题，因为拐弯抹角说再多也搞不明白。

"这个……"这个问题可能对他自己来说也很复杂，他表现出了困惑，"这是我个人的事情，不能告诉你。"

无可奈何的是他再次回避了这个问题，既然他都这么说了，我也就没有办法再追问下去了，毕竟我们关系也没有多好。

"我先走了。"

葛城留下这句话，先一步回了宿舍，虽然解开了他身着制服的谜题，却又产生了新的疑问。

他为什么要去学校，为什么又再次出现在了店里，这些都没有答案。

5

"池，葛城的事情我调查过了。"

"真的吗？厉害呀绫小路！我都对你刮目相看了！"

池拍了拍我的肩膀夸奖我。

我做过什么很厉害的事情吗？池心里以前对我的评价到底是有多低，我虽然有些疑惑，但还是立刻将情况进行了报告。

"很遗憾，我还没弄清那个人到底是谁。"

正确来说应该是我还没有找出符合条件的女生，再怎么调查都找不出这个人来，葛城送礼物的对象也没有出现。

一年级里面并没有生日在那天的学生，但是其他年级里也没有匹配的。

山内突然抬起头。

"我……我知道葛城是给谁准备的礼物了。"

山内脸上没有喜悦，而是飘荡着淡淡的哀愁，他像是恍然大悟了一般说道。

"宽治，你不觉得初中时候的情人节就是地狱吗？"

"怎……怎么突然说这个，呃，确实挺难受的，那又怎么了啊。"

"就是类似那种情况……他会不会是给自己买的呢?"

"不至于吧……不,不对,有可能,那个光头不像是受欢迎的样子……"

两人说着什么难以理解的事情,并达成了一致。

但因为这一情况是我完全没有想到过的,所以我的大脑中产生了疑惑。

"你们的意思是他给自己买的生日礼物?"

"除此之外难道还有什么其他可能吗,绫小路?"

池像是生气了一样瞪了过来。

可是这种可能性也很小啊,正常来说会有人自己给自己准备生日礼物吗?

当然了,有可能会是自己给自己的奖励,吃好吃的东西,买自己想要的东西,但这次的事情能归进这类里吗?他特意选择了女生会喜欢的包装,里面还装的是巧克力。

如果是特别喜欢吃甜食的人的话,通过别的渠道能买到更好吃的甜食吧。

"你真的不知道吗?"

"……很惭愧。"

"葛城那张脸怎么看都不像是受女生欢迎的那种类型吧?但他好歹也是 A 班的领导人。"

我不太想对此进行评论。

"所以他自尊心很强,想让周围的人觉得自己受欢迎，也就是说，他在自导自演。"

"与其自己给自己买，他更想让人以为他是从别人那里收到的啊。"

池和山内点了点头，可能是觉得他们得出来的这个结论没有错。

"我也做过这种事情，初中的时候让别人以为我从全校最可爱的女生那里收到了礼物。"

"我想问一个问题，这么做有什么意义吗？"

"当然没意义了，但是可以将我从得不到礼物的绝望中解救出来！"

他发怒了，情人节和生日原来对池这么重要。

"你呢，春树？和我一样的吧。"

"啊？不是，我不一样，我在女生中可是相当受欢迎的。"

"你就吹吧，那你为什么也会得出这个结论来呢，是因为你也是这样的吧？"

"才不是呢，因为我们初中也有像宽治一样拥有女生绝缘体质的男生。"

明显是虚张声势，但我没有办法确定真假，也不想确定。

"但这只是你们的猜测吧？"

"不，没有错！绝对只有这一种可能！"

觉得自己已经找到答案的两人好像不打算再争论下

去了。

"春树，我们是不是误会光头……葛城了啊？"

"是啊，之前因为他是 A 班的就敌视他，现在突然觉得他离我们挺近的。"

"所以你果然也是会自己给自己准备礼物的女生绝缘体质对吧？"

"才不是，大家都是一个年级的，我只是想起了他的事情，觉得很可怜。"

山内坚决否定。

"我们要不要帮帮他？"

池突然提议道。

"帮什么？"

"给那家伙准备生日礼物啊。"

池对葛城的态度从敌视一下子转为了同情。

"确实还是有女生给他庆祝最好，但那是不可能的，所以我们送给他的话，至少他能从其他人那里收到生日礼物，也算是心灵的慰藉了吧？"

这一套理论莫名有些奇怪，但也无法完全否认。

比起自己给自己买礼物，他还是更想从别人那里收到生日祝福吧。

但应该注意的是，同情心有时会是一个棘手又麻烦的东西。

如果葛城真的是自己给自己准备的礼物，那么他会将知情的池他们给自己庆祝生日的事情理解为好意吗？相比之下，还是因为不愿被同情而愤怒的可能性更高些。池他们已经在开始讨论买什么礼物了，而我再次对这一结论产生了疑惑。

确实没有女生是二十九号的生日，但并非就排除了所有可能性，学校的老师和相关人员，校园里相当多的工作人员，扩大范围的话还有许多的候选者。

而且自己给自己买礼物会那么光明正大地去买吗？葛城穿着暑假期间很少有人穿的制服，会格外吸引别人的目光吧。被别人看到了的话可能会被怀疑的，正常人都不会穿着制服去做这种事。

"绫小路，你也出点点数吧，我们三个人凑齐一千五百点左右就能买个好点的东西送他了。"

我昨天也听过类似的话……

也就是说支出要翻倍了，一千点可不算少。

"绫小路，虽说有点早，但我们明天一起去给葛城庆祝吧。"

可能是已经上足了发条，他们两个人打算好了要给葛城买礼物。

"真的要买吗？"

"当然啦，你作为不受欢迎的男生之一，不想要帮帮他吗？"

算了，事情本就已经越来越麻烦，我还是不要否认了。我们说好明天集合，今天就这么解散了。

6

第二天下午我们再度集合的时候，栉田也来了。

"你好，绫小路同学。"

"呃，你好。"

她为什么会在这儿？池接下来的话解答了我的这个疑问。

"那个什么，我昨天和桔梗说了这个事，她说她也想送葛城礼物，希望能和我们一起，而且比起男生，女生送的生日祝福会更让葛城开心吧。"

他说的这么冠冕堂皇，估计主要就是想创造和栉田待在一起的机会，还能趁此机会塑造一下自己心系朋友的良好形象。

"因为我也受过葛城同学很多照顾，当然也要出礼物钱。"

池听到她温柔的话语，眼神都变了，而山内的目标虽然是佐仓，但也强烈感受到了栉田的魅力，比身边只有男生的时候开心了不知道多少倍。

"对了，绫小路同学你怎么穿着制服呢？"

"有点事。"

因为太热我已经把外套脱了，可还是格外引人注目。

"我们快走吧。"

那两个人扔下我，把栉田夹在中间迈步往前走，很快就聊开了花。

她不管在什么时候和任何人都能聊得来，我每次看到这一幕都会发自内心地佩服她。

我跟在三人的身后。

路上我看到了一个不怎么常见的人。

"抱歉，你们能先走吗？我突然想去个地方。"

"可以啊，但是你不要让桔梗等太久。"

"嗯。"

跟他们打完招呼以后，我朝着那个人走去。

"你们可真是悠闲啊，四个人是要一起去买东西吗？明明刚被龙园同学收拾得那么惨。"

"那是因为C班厉害，你现在再怎么懊恼也没办法挽回了吧？"

"是啊……但还是有好多不能接受的地方。"

"比如？"

"……没什么。"

她转过脸去不作答。

"现在是什么时候？"

"欸？"

"我问你现在是什么时候，我们是几年级，现在几月。"

"你在说什么？"

"我想说的是，一年级第一学期才刚刚结束，我们没必要慌张，不过是和人家的差距发生了变化，没必要一惊一乍的。"

"但这对我们来说也是一次惨痛的失败，必须思考对策……"

"你太关注未来了，反倒忽视了当下，堀北铃音你这个人在学业相关的事情上是一把好手，但一遇到特别点的考试就会抓瞎，这就是我现在对你的印象。"

"……我知道。"

"你还有这种自觉啊，总而言之，你现在还是落到底最好。"

"什么意思？"

凤凰涅槃，浴火重生。

我认为她拥有这样的潜力。

"万物有序，有些事情现在不必着急，慢慢来不就好了吗？"

"你还说什么顺序，那你在无人岛的时候又为什么要出手呢？不矛盾吗？"

"也许吧。"

不知道我和茶柱老师对话内容的堀北自然不会理解。

我出手只是因为茶柱老师强制要求我展现实力，当然了，船上考核对我这个没有帮手的人来说是一个困局，但解决方法还是有几个的。

而我没有实施的原因在于太发奋努力也不是件好事。

我对 A 班 B 班的位置基本上没有兴趣。

在不把事情闹大的前提下向茶柱老师展现我一定程度的能力即可。

对我来说上次的考核也是一大成功。

"先不说这个，你对我的装束没什么疑问吗？"

"热得慌，就这。"

这个家伙还是那样对别人毫无兴趣。

"你今天在读什么？"

"这和你没有关系吧。"

她并不打算将书名展示给我看。

"好吧，池他们在等我，你一起来吗？"

"开什么玩笑，我不去。"

就知道她会这么说，我不再邀请，直接转身离开了。

7

"你们要干什么？"

突然被没什么往来的池等人围住，连平日里总是很冷静的葛城都不知如何是好。栉田在上次的考核中和葛城有过对话，这回也是她把葛城约出来的。

"不好意思啊，葛城同学，突然叫你出来，我们能占用你一点时间吗？"

"栎田啊，这是怎么一回事？"

"我从池同学他们那里听说了，你快要过生日了吧？"

"呃……是的……他们居然知道这个。"

他可能是从来都没有对旁人说过，看向我们的眼神中还带着困惑。

"所以我们这四个人想要给你庆祝庆祝。"

"不是，你们没必要为我做这么特殊的事情吧？"

葛城表现出的不是欢迎，而是一种戒备。不过这也没什么奇怪的，他或许会以为这是 D 班的陷阱。

而他没有立刻表现出坚定拒绝态度的原因，恐怕很大程度上在于栎田。

"你和谁约定一起过这个生日吗？"

"这倒没有……"

"太好啦。"

栎田兴奋地拍手，藏不住满面的笑容。要是一般的男生看到这样的笑容估计会直接拜倒在她的石榴裙下。

但这位是 A 班的领导者，不会这么轻易束手就擒。

"实在抱歉，我和你们又不是朋友，有什么目的直接和我说吧。"

"哪有什么目的，我们是真心要给你庆祝的。"

池一脸的认真，他是真心同情葛城，想要给他庆祝。

"不用……"

葛城表现出了拒绝的意思。

我注意到了他手里拿着一个和昨天一样的礼品袋。这应该就是两天前买的那个，但他为什么要一直把它带在身上呢？池他们好像并没有察觉到这一点（或者说只是装作没看到吗）。

"抱歉，我现在去学校有事。"

"学校？对了，你最近怎么老穿着制服，在干什么啊？"

池随口一问，但葛城抓住了这句话里的疑点。

"……这是怎么一回事？"

他的表情一下子变得非常严峻，仿佛进入了战斗模式。

"欸？什么啊？"

没有意识到这一变化的池还是一副飘飘然的样子，但他的表情也在听到葛城的下一句话后彻底崩了。

"你为什么知道我最近都穿着制服？"

池被葛城那仿佛要将人吞噬了的眼神吓住，不禁倒吸了一口冷气，应该是深刻认识到有些话不能随便说了吧。

"欸？不是，那是因为……"

"我昨天和你分开之后，就去和池他们会合了，那个时候我告诉他们的，这个不能说吗？"

我只能这么救场了。

"暑假期间还穿制服，觉得挺稀奇的。"

"哦……这倒是说得通。"

"对对对，就是这个原因。"

"你要去学校干什么？"

他对池刚刚慌里慌张的样子还是持怀疑态度的，好在我成功转移了话题。

"是我个人的私事，和你们没什么关系吧。"

"你可能会觉得我们瞎操心，但你是不是遇上什么难事了？"

"你为什么会这么觉得？"

"你昨天和今天都提着一样的袋子，拿着这个去学校也有点奇怪，而且昨天在店里遇见你的时候你已经提着它了，今天最少也是第三次了吧？"

虽然是偶然遇见的，但我这么推理也不算牵强。

"我找学生会有事，仅此而已。"

这倒是没想到。

"难道你昨天穿着制服就是因为要去学生会办公室？"

"……嗯，但是没人在。"

"学生会办公室好像是到昨天为止因为装修不能使用。"

葛城有些惊讶，问我是怎么知道的。

"和学生会长有些渊源。"

"你认识那位学生会长？"

"算是吧……"

"啊，是哦，D 班的堀北是学生会长的妹妹来着……"

葛城脑袋转得快，立刻就得出了自己的结论。

"那或许让你和我一起去更好，你有时间吗？"

葛城拜托我，这样一来我就很可能搞清楚葛城的真正目的了。

"那真是巧了，我也正好去学生会有点事情。"

"所以你才穿着制服？"

我当然是为了弄清楚葛城的事情才这么做的，这下就顺利潜入"敌人"内部了。

我点了点头，和葛城一起与那三人告别，接着直奔学生会办公室。

"打扰了。"

葛城敲了敲办公室的门，学生会长堀北学和书记员橘前来迎接，堀北哥哥立刻注意到了我的存在。

"还有一位稀客啊。"

我轻轻点了一下头打了个招呼，橘书记的表情看上去对我非常厌恶。

"因为我听说学生提要求基本上都要经过学生会，所以我今天来是有事相求，看来我留下纸条是正确的。"

"你好像昨天和前天都来了学生会办公室，因为装修没有人在，对不起了。"

"不用道歉，现在是暑假，我不请自来是我的问题。今天能见到您真是太好了，我还在想我是不是只能直接去您宿舍找您。"

葛城为什么暑假要来这里，他的目的又是什么，终于要有答案了。

"学校禁止在籍的学生未经许可和外界进行联络，我想具体问问这个规定。"

"听你的口气，肯定是看过校规的吧？非特殊原因不能进行私自联络。"

正如堀北哥哥所言，特殊原因当然只限于严重疾病和伤痛等紧急情况。

"是的，但是我这个情况应该怎么处理呢？我想给校外的家人邮寄包裹和留言卡，当然了，我不指望从家人那里获得回复。"

也就是单方面的联系啊。

"一样的，即使是单方面联系也是不被允许的。"

葛城得到了官方回答，但如果这就能让他放弃的话，他是不会来这里的吧。

"我听说这个断绝外部联系的规定严格到了禁止邮寄包裹，但是不发送文字信息出去的话就并不违反规定不是吗？"

"规定上还是禁止的，这条规定自学校设立以来就没有改变过，但并不是平白无故禁止的，学校刚成立的时候规定并没有现在这么严。"

堀北哥哥看了橘书记一眼，她点点头露出笑容说道：

"没错，原本是允许邮寄包裹的，但是有数名学生违反了这一规定，在未经许可的前提下往包裹中放入了信件，所以现在就全面禁止了。"

堀北哥哥表示了肯定，完全否决了葛城的要求，但这就撤退的话就不是葛城了。虽然是一年级，但是身为A班的领导者他立刻对情况进行了梳理，重整态势。

"那换另一种做法，请让我直接在店里申请邮寄服务，我不碰包裹，只支付商品的费用，这样一来我就没有机会做什么不正当的行为。"

"这也是违反规则的……"

"违反规则？这所学校奉行实力至上，据说用点数可以做任何事情，包括购买考试分数和进行学生之间的交易，等等，对吧？"

原来对于葛城来说，这个生日礼物竟如此重要。

"这样的话情况就有点变化了。"

堀北哥哥准备冷静听他讲，稍微调整了一下自己的态度。

"在我对点数的事情进行详细解释之前，你能告诉我是想要给谁寄这个东西吗？"

"我的双胞胎妹妹。因为我父母早逝，所以只有我给她庆祝生日了。"

真相和我们之前不入流的胡乱猜测都不同，本以为是谈恋爱什么的，没想到居然是哥哥和妹妹之间的事情。

"我订正一个地方，点数并不是万能的。你所说的确实可行，但它是规定里没有的东西。改变校规上明令禁止的事项并不容易，学校是不会允许的。"

他说的话有些难懂，但就是那些似是而非的东西吧。

比如说考试的分数。

我以前用点数给须藤买过分数，这里面并没有不正当的行为，充其量有一个用点数购买了分数的事实，但是，我们假设须藤超过及格线的分数是由违反规则的作弊得来，一旦他作弊的事实暴露，那么消除作弊这一不正当行为是很难的。

"这是为了维护学校的规则。"

"这话很奇怪，这样一来学校的规则里就全是漏洞了。"

"这并不奇怪，学校在制定规则的时候特意准备了这样的空子。"

面对葛城的质疑，学生会长迅速做出了明确的回复。

"……"

葛城的脑子转得再快也要看对手是谁，只论实力的话还情有可原，但两人的立场差距太大了，在这所学校的A班里待了三年，同时担任学生会长的这个男生没有任何破绽。

"点数也派不上用场吗?"

"用不上,学校是绝对不会允许用点数来抵消掉违规行为的。"

正如堀北哥哥所言,点数并不是万能的,葛城可能已经做好了大出血的准备,但这唯一的路被封住了的话,一切也就结束了。

"结束了的话就请出去。"

"嗯……我明白了,再见。"

葛城看了我一眼,我打了个还要留一会儿的手势,于是他静静离开了。

"你不回吗?"

"刚刚说的那些,前提在于不正当行为暴露了吧。"

我特意想要去帮葛城说话。

"什么意思?"

堀北哥哥看向了我。

"你还记得之前我们班的须藤和C班的学生发生争执的那件事吗?"

他点了点头,因为当时那件事闹得很大。

"那个时候是C班的学生向学校进行了申诉,使得事情变成了一个问题事件,这才成为处罚审议的对象。但是现在葛城并没有不正当行为,只是想拜托一件属于不正当行为的事情,知道这件事的只有我、葛城,还有学生会的二位,那么只要当作没看见就好了。"

这两个人当然知道我这个奇妙说法的意思。

就算违反了交通规则要被交警处罚，给那个交警塞点好处，成功地让人家放过自己，那么这个人就不会成为处罚的对象。

"还有正常来说比较困难的邮寄问题，有你在的话也能轻松解决掉不是吗？"

"原来如此，你的意思是不通过学校，自己处理掉这件事。"

葛城想要老老实实获得学校的许可，如果不行的话，那瞒着学校就可以了，这是正派的葛城所想不到的。

"堂而皇之地要我们对不正当行为视而不见，你果然不是个好学生！"只有橘书记员对我颇有微词。

"你是怎么得出这个结论的？"

"这所学校的校规上明令禁止暴力行为，但是你在我们第一次见面的时候就动了手，这就是证据，只要学校不知道怎么做都行。"

就算他是学生会长，也绝对不能在公共场合动粗。

"是的，想要和外界进行联系就只有那个方法，但是葛城并没有意识到，所以失去了唯一的选择。"

"你不想帮他吗？"

"不想，没必要为了他参与到不正当行为中。"

"你好狠心。"

"你这么想的话，就该在葛城出去之前告诉他，但是你没有。"

啊，脑子聪明的家伙就是麻烦，所有的事情都看得清清楚楚。

连我为了避免被葛城戒备，所以刚刚没有当面说的事情也被他看出来了。

"你也取笑完我了，我先回去了。"

"我让橘给你泡杯茶吧？"

"不必，不知道里面会放什么。"

"你这个一年级生也太没有礼貌了！"

我打算离开办公室，不知为何，堀北哥哥起身送我到了门口。

"这次葛城的事情我就当没听到过，你接下来暗中进行任何操作我也不会管的，随你怎么做。"

"我没有要做任何事的打算。"

"那些都随你便，但是我明确说了我是不会参与的。"

我从堀北哥哥的眼睛里读懂了一些东西，大意是他不会插手这件事，我可以做点什么顺利躲过学校的检查。

我迅速离开学生会办公室好逃离那个视线，连我想要给葛城提一个新建议的事情也被看穿了。

"这个学生会长可真是不好对付。"

8

"哎……"

我回到宿舍大厅，发现葛城坐在那里叹气。

他立刻注意到了我的存在，站了起来。

"我在等你，今天让你陪我做了一件奇怪的事情，不好意思。"

"不必，是我主动跟你去的，却没能帮上什么忙，对不住了。"

"没有的事，本来就是不可能实现的事情，只能放弃了。"

他本来是打算想办法给妹妹寄礼物的，可因为规则限制，无可奈何，看样子已经放弃了。

"这个给你吃吧，我不爱吃甜食。"

他将礼品袋递了过来，但是我没有收。

"我不要。"

"这样啊，也对，这是本来要给别人的东西。"

他轻轻低下头，打算回寝室。

"葛城。"

我叫住了他。

"怎么了？"

"或许我可以帮上你的忙，我想到了一个能把礼物寄给你妹妹的方法。"

"连最站在学生角度上思考问题的学生会都明确说不行了，还能有什么解决办法。"

"那是因为你没有打破校规的打算，无视规则就有可能。"

"……我不做有风险的事情。"

破坏规则对于身为 A 班领导人、性格又严肃的葛城来说是不可能的事情。

何况这还是来自 D 班学生的提议，他就更不可能愿意听了。

"我觉得你还是听一下比较好，如果送礼物这件事很重要的话你就更该听听了。"

葛城为了得到寄礼物的许可，暑假跑了那么多次学生会办公室，我很清楚他不是闹着玩的。

"能在这种地方说吗？"

葛城比较在意别人的目光和监控探头的存在。

"嗯，不好在这儿说，你要来我房间吗？"

反正我那儿平时就有好多人出入，多葛城一个也不成问题。

我们一起前往我的房间。

好在路上没有碰到同学，甚至没有遇到一个学生。

我打开房门，开灯。

"请进。"

"你收拾得很干净，或者应该说是东西好少啊，和入住那天差不多。"

"经常有人这么说。"

我叫他随便找个地方坐下，我打开空调，往杯子里倒茶。

"所以你的提议是什么？"

"想要从学校往外面寄礼物并不简单，因为原则上是禁止校外配送的，邮局也不会受理这个单子。"

校园内虽然设有邮局，但基本上只有教师在用，并不接待学生，申请了也会被拒绝，所以葛城想要通过学生会获得邮寄许可，帮忙安排。在被学生会拒绝后，他只得放弃。

"这是事实啊，不能邮寄的话就没辙了，还有其他能把包裹运出去的方法吗？"

"有，不用想太多，直接将礼物带到外面就行。"

"你在说什么傻话，谁能做到？不会是工作人员吧。"

唯一能自由出入校园的就只有校内店铺里的工作人员了。

也就是说只要求助他们便可以把礼物运出去。

但是其中是有很大弊害的。

"在这所学校里工作的人受严格规则规范，不会冒着风险答应学生的请求，甚至有可能把想要破坏规则的我们告发了。"

那样的话葛城就会受到严惩。

"当然不是找他们，我们没有可以信任的外部人员关系。"

"是啊。"

葛城低下了头。

"你不会是想说直接擅自出校吧？"

"怎么可能，我知道未经允许擅自出校是要遭受严厉惩罚的。"

学校的出入口也有严格管理，就算出去了，一旦暴露，后果恐怕会是退学。

这种违反校规的方法风险特别高。

"我们确实不能利用工作人员，但是学生就不一样了，有很多能信任的人。"

"学生？更不可能了，没有特别理由的话连出都出不去。"

"但是也有例外的吧。"

"例外？难道……"

思维敏捷的葛城立刻就得出了结论。

"社团比赛吗？"

"没错。"

学校再封闭，也避免不了外界交流，其中一个例子就是各个社团的比赛，要想参加在校外举行的比赛就必须离开学校前往举办地。

"如果是这种情况的话，确实可以把东西带到校外去，但是学校也十分清楚其中的风险，肯定会进行行李检查的。"

"当然，不过那种检查很容易混过去的吧？和奥运会的兴奋剂检查不一样，不会对全身上下的所有地方进行细致搜索。"

"这倒是……"

葛城在思考的同时也看准了我没说出来的东西。

"做这件事的学生需要承担将东西带出去的风险，不是一件简单的事情，但是听你的口气，有人能担此重任？"

"是的，但需要你自己来说服他帮你。"

9

一小时后，我将某个结束了社团活动的男生叫来了我的房间。

葛城将事情告诉这个后天就要参加比赛的男生，请求他的协助。

"啊？开什么玩笑，谁会做那种事情啊！"

听完葛城的提议，须藤立即拒绝了，语气中满是不屑。这也情有可原，要是这一违规行为被发现了的话，不知道会受到怎样的惩罚。

"而且我为什么要帮这个光头啊。"

"果然。"

　　葛城也并不信任须藤，而且他本来就对这个计划持怀疑态度。

　　"先不说你愿不愿意，我想先问问你，学校会进行怎样的检查呢？"

　　"我为什么要告诉你们？"

　　还没有完全搞明白状况的须藤并不想好好回答。

　　"葛城有可能会付给你相应的报酬。"

　　"报酬？"

　　"……嗯，自然是有支付必要的。"

　　本来并不想参与的须藤在听到这个词以后稍微改变了一下自己的态度。

　　"首先早上在乘坐前往比赛赛场的大巴之前会进行简单的行李检查，手机这个时候会被没收掉，到达赛场后直接换衣服，开始比赛，结束后在那儿吃饭，具体的就不知道了。"

　　"换衣服的地点和行李的存放点呢？"

　　"就放在更衣室的储物柜里，换衣服的时候老师不在，但监视很严格，上厕所的时候也要去别的地方上，不能和其他学校的人说话。"

　　葛城对情况进行冷静分析。

　　"果然不太可行，而且从一开始就不好把东西带进去。"

　　"可以自己带吃的吗？"

"嗯，这个随便，有人会自己带吃的，但没几个。"

"既然这样带进去还是比较容易的。"

我起身，将架子上放着的便当盒与水瓶拿了过来。这是学校在开学时为学生准备的备用品。所有学生的房间里都有。

"礼物盒放进便当盒，袋子就卷起来放进水瓶里，这么做的话就不会被发现了。"

老师再怎么检查也不至于会看里面的东西。

"等一下，就算我把它们带出去了，要怎么寄啊？要方法没方法，要钱没钱。"

"钱的问题不用担心，我们用这个寄。"

我把从邮局那里拿到的到付运单掏了出来。

"只需要在当天，找机会把它们放进邮筒里即可。"

"你说得简单，实际上那一步才是最危险的吧。"

"确实，方法可行，但危险性也高……"

葛城不仅自己违反了校规，而且还会将须藤所在的其他班级卷进来。一般来说葛城也是会立刻放弃的，但他这次没有。

"可惜我们班里没有像你这样去校外参加比赛的运动人才，没办法拜托他们行动，你能帮我这个忙吗？"

葛城低头恳求须藤，可以看出他妹妹对他有多重要。

"须藤，这件事一般来说是绝对不能接受的，但这反过来可能也会对你有很大的好处。"

"好处？刚刚说的报酬吗？"

我看了葛城一眼，葛城点头表示自己明白。

"成功了的话我会支付给你十万点。"

葛城给出了一个巨额数字。

须藤瞬间僵住了，对于他这个平时靠一两千点维持生计的人来说，无疑是个天文数字。

"你那么想把东西送出去的理由是什么啊？"

过多的点数让须藤反而更戒备了。

"……我有一个双胞胎妹妹，这个我和绫小路也说过。"

是在学生会办公室说的，但单纯只是妹妹的话他的行为还是很特殊。

这世上多的是关系好的兄妹，但他即使违反校规也要给妹妹庆祝生日的行为还是让人有点疑惑。

"我妹妹身体不好，再加上我的父母和祖父母都已经去世，现在只能拜托给亲戚照顾，长兄为父，如果连我都不能给她庆祝生日的话，还有谁会这么做呢。"

我知道其中可能会有隐情，但没想到事实比我想的还要沉重。

"我在入学前本以为自己了解清楚了学校规则，可真没想到连个包裹都不能寄，我承认这一点是我的错，可我无论如何也要让妹妹收到来自哥哥的生日礼物。"

其实我当时也只是大概翻阅了一下校规，并没有具体研读，上面只写了在学期间未经许可不得出校，不能和外面的人联系，等等，其中自然包括了不能写信联系的情况，可是并未涉及不能寄包裹这一硬性规定也是事实。

"所以你来找我了啊。"

须藤猛地抓住我的肩，故意用葛城也能听到的声音小声嘟囔道。

"话说，要是我被出卖了怎么办，要是像之前 C 班那事的话我可不干。"

因为他之前遇到过掉入圈套、差点被篮球部除名的事情。

"这个不用担心，对方应该也能想到我们会有这方面的顾虑。"

葛城心里应该已经有想法了吧，他点了点头。

"我先给你汇两万点作为定金，之后再将剩下的八万作为成功报酬付给你。"

这样的话必然会留下证据，证明两人是共犯，一方就算背叛了也逃脱不了干系。

"两万的定金啊……可是……"

我明白须藤为什么面对巨额报酬还在犹豫不决，这家伙视篮球如命。

若是在篮球社团活动中违反校规被发现了的话有可

能会被禁止再参加活动。

他在担心这个。

"我会想一个万全之策，还有，你可能会担心这是个陷阱，但很明显若是这件事被别人知道了，我也会遭受巨大的打击。"

如果被公开，葛城的损失和须藤一样，甚至比须藤还要严重。

不做好这个心理准备的话，这件事就没得谈。

但是葛城当然也有自己的打算，通过支付相应的点数给双方都加一道锁，不背叛也不能背叛。

"还有就是单纯暴露了的情况……"

这个责任葛城应该是不会负的，也就是说要由须藤一个人承担。

将责任和高额的报酬进行权衡，须藤会作何判断呢？

我瞟了须藤一眼，他看样子大概理解了眼前的状况。

"明白啦，我接受就行了呗，我这种人居然接受了这么危险的任务。"

"你同意了？"

虽然是来说服他的，但葛城也知道就算能得到高额的报酬，须藤真能同意的可能性并不高。

或者会要求更多的报酬，导致这件事无法成立。

可现在，葛城没有想到须藤会这么爽快，对他如同救世主一般。

"你都说了是为了身体不好的妹妹了，我很难拒绝吧。"

展现出了自己情意深重的一面，须藤呆呆地挠了挠头。

"……"

但是生性谨慎的葛城并没有因为须藤的爽快而产生发自内心的快乐，他的表情复杂，架起胳膊做思考状，一言不发。

"什么啊，我都接受了，还有什么事啊？"

"是在怀疑咯，担心你会不会背叛他。"

"啊？明明是他来求的我。"

这很有葛城的风格，他重视防守，在对方态度变强硬的时候就会想很多。

事情进展得越顺利，他就越会怀疑，他就是这种性格。

其实我也是能够理解的，但这次绝对是杞人忧天。须藤和我一样表里如一，完全没有想着要利用这次的事情来害葛城，硬要讲原因的话，这次让葛城欠自己一个人情，以及从他那里得到个人点数对须藤是件好事。

而且万一葛城毁约，他自己也会被卷进来。就这件事而言，最先亮出自己弱点的葛城基本上没有优势。

根据目前情况，送礼物这件事也不会是假的。

在得出以上结论以后，我作为中间人将须藤介绍给了他，当时并不知道他会出多少点数，但如果是十万点的话，这个交易可以说是很值的。

"为谨慎起见，我先把钱打给绫小路，等须藤成功后由绫小路将点数汇给你，拜托了绫小路。"

"干吗要这么麻烦啊？"

"上个保险。"

若是须藤将东西带出和进行邮寄的事情被发现了，又被查到存在高额点数交易的话，那个交易人一定会被学校怀疑，但是如果把钱先给别人，就不会查到葛城头上了。

须藤多少有些不满，叫我保证之后一定要好好把钱转给他。

"还有一件事，我需要确切的证据证明你没有撒谎。"

"啊？撒什么谎？"

葛城还有不放心的地方。

那就是须藤到时候会不会撒谎说自己把礼物投进邮筒了，但实际上并没有。而且就算他撒了谎，葛城也没办法确认，因为不能和家人联络。这也就意味着他要想知道真实情况，只能等两年多以后毕业了才行，那就晚了。

我想到了几个提供证据的方法，其中最简单又可靠的就是用手机发送影像证据，这应该是最好的方法。

但是我不太想说出来，因为不想引起葛城对我的注意。

"因为我没有办法确认你有没有真的帮我寄出去。"

"这种事情，我怎么可能会撒谎呢，你傻不傻？"

"我当然想相信你了，但是我们之间还没有建立起足够的信任关系。"

尽管看到须藤有些不满，葛城再度架起胳膊思考这个问题。

"用手机吧，希望你能把当天将东西投进邮筒的瞬间录下来发给我，这样可信度就上去了。"

葛城顺利想出了一个好方法。

"你听了我刚刚说的话了吗？手机要被没收的。"

"我当然知道，这一点，我希望获得绫小路你的帮助。"

"你说的是……"

"这个水瓶里还有充足的空间，可以将你的手机关机后放进去，这么一来就能把手机带出而不会被发现了。"

手机原则上都是一人一台，在物品检查的时候只要须藤将自己的手机交上去了，就不会被怀疑了。

"要是你能提供手机的话，我自然也会给你报酬的。"

他表示会给我一万点，这个条件不赖。

"明白了，我帮忙。"

"真的可以吗，绫小路？"

"我还是挺想帮忙的，我也很明白葛城的意思，要是还能得到点数的话我就更加义不容辞了。"

"那就拜托了。"

葛城深深低下了头，而后先一步离开了我的房间。

"……感觉自己有点紧张。"

"没事吧，须藤?"

"我这是第二次参加比赛了，流程应该还是清楚的……"

即使如此，可能他自己明白这么做不太好，所以多少有些抵触，这也是可以理解的。但也只有一直以来都是不良少年的须藤，才会比较容易接受这件事。

"你什么时候把手机给我?"

"这个嘛……我还想再做另一件事，要是把我的手机给你的话，里面高额点数的交易信息可能会在暴露了的时候被人追查到，最好是能用别人的手机。"

用池和山内等对这件事完全不知情的人的手机最好。

"他们不会借手机的吧。"

"给五千点他们就会很乐意借了。"

"……没想到你这么坏啊。"

就这样，接受了葛城委托的我和须藤为之后的礼物邮寄展开了行动。

后来，须藤躲过学校的检查，成功将东西投进了邮筒，录好视频，并进行了数据的转移和删除，虽然不知道最后有没有到达葛城的妹妹那里，但我觉得结果一定是好的。

能够顺利完成这件事最主要的原因就是须藤的正确行动，我还在想堀北的哥哥会不会也参与了，他应该是知道我们要做什么事的，所以他有可能从中斡旋，帮了我们的忙，反过来，他也有可能盯住须藤并抓住他违反校规行为的瞬间。

这是我个人的猜测，我也并没有弄清真相的打算。

因为我觉得，如果真是那样的话，即使我不去问，真相早晚也会被揭开。

10

离开绫小路房间的葛城乘电梯回到了自己房间所在的楼层。

但不知为何，有两个男生像是埋伏在他房间门口一样站在那里。

"你们在我门口干什么？"

"哇！葛城你终于回来了，你这个家伙太慢了吧！"

"你……你们是之前的那两个 D 班的学生？"

感觉好像在哪里见过这两个人，葛城反问道。

"这种事无所谓啦，恭喜恭喜！"

说完后山内和池立刻对着葛城拉响了彩带爆竹。

"干……干什么啊？"

"马上就是你的生日了嘛！所以我们来给你庆祝一下！"

"你们是不是在开玩笑啊……你们 D 班的人为什么要给我过生日？没理由吧。"

"当然有啦，我们都是单身狗，以后要好好相处哦，好不好？"

这句话把葛城吓得退了一步，池强行把生日礼物塞给了他。

"这个给你吃，这可是我们的女神栉田桔梗给你选的生日蛋糕！"

"我不能……"

"收下吧，收下吧。"

一个劲地把盒子往葛城身上推。

"我们走啦！"

D 班男生潇洒离去。

只留下了散落在房门前的彩带碎屑和蛋糕。

"这是蛋糕？怎么温度不太像……"

葛城小心翼翼地打开盖子，看到了已经变成常温，而且面目全非的巧克力蛋糕。

"这是捉弄人的新手法？"

他不由得这么想。

尽管如此，危险潜藏在日常生活之中

这件事因某天晚上六点的突发事件而起。手机上收到了学校发来的邮件，说是因为水务局的问题，所有宿舍都停水了。我试着拧开了水龙头，确实不出水。维修工作需要一定的时间，要明天才会来水。

但是校方也不遗余力为学生提供了帮助，邮件里写道，食堂可以为有需要的学生一次性提供两升以上的水，但是需要避免人流拥挤。另外，停水可能会导致便利店的人扎堆，所以暂时停止营业。榉树购物中心里是设有免费的矿泉水饮水处的，但现在禁止拿瓶子取水。这些都和我没什么关系，唯一有问题的就是厕所了，马桶水箱里虽然存了一些水，但也只够冲一回。

"喝的水……只剩一点了。"

冰箱里的茶只剩一杯的量，足够把今天应付过去，晚饭就吃不需要用到水的东西吧。

我慢悠悠地开始准备晚饭，手机突然响了，正要接起，电话却只响了两声左右突然被挂断。

我一阵疑惑，拿起手机确认来电者身份，手机上显示出堀北铃音几个字。

真是稀奇，她居然会主动给我打电话，平常就算是找我有事也多半是拿聊天软件解决。我有些放心不下，于是给她回拨了过去。

堀北怎么都不接。

我觉得有些奇怪，但还是放弃了联系堀北，将手机放在桌子上，继续接着做晚饭。今晚就吃炒饭吧，材料是提前冷冻好的米饭和炒饭调料，简单方便。

最后加上鸡蛋就大功告成了，可这时，手机再次响起。

我关掉火，再次走到桌旁，但电话也再次被挂断。我一看，和刚刚一样，还是堀北打来的。

我又给她回拨过去，堀北还是不接。

我感到有些莫名其妙，有可能是因为对方在电话挂断后又立刻打了过来所以才打不通。但结合堀北的性格来考虑，这不太可能，她不会突然联系别人，就算有什么突发情况，两次挂断电话，再打过去还是打不通这就很奇怪了。

我能得出的结论是，堀北或许遭遇了什么意外。

"应该不会吧。"

虽然不至于我想象的那么严重，但我还是停下手中的事给她发了条信息。

你好像给我打了两次电话，是有什么事吗？

信息立刻被标记上了已读，但怎么也不见回信。

我刚刚在做饭，所以没及时接，你再联系我吧。

我又给她发了一条，还是一样标上了已读但没有回复。我决定先解决自己的晚饭问题。

1

等我吃完了晚饭，堀北还是没有联系我。

在将最后一口大麦茶喝进肚子里的时候，我再次有了一种不祥的预感。

"难道……她真的遭遇什么不测了？"

不会是被卷进了什么意外事件中，现在正倒在地上吧？

可以确认的是堀北的举动异乎寻常。

有没有可能是因为她的手机出现了故障，没有办法联系呢？

但那样的话她没必要来找我商量，等之后去了学校再告诉我就行了啊。

要是堀北有朋友现在能去她房间看看就好了。

但遗憾的是我想不出合适的人选。

没事吧？

我再次给她发了这样一条稀松平常的信息，试着询问她的情况。

"呃……"

没有标记已读，她的手机状态和刚刚不一样了。是没电了呢，还是自动灭屏了呢，这些情况都有可能……

我想知道她为什么一开始要给我打电话，是有什么目的。不管答案是什么，现在情况都是异常的。

再想一想现实中有可能的原因……

其一，堀北在找我有事的同时有了其他的要紧事，比如说老师叫她，或者是有同学联系她，等等。但这种情况可能性不高，现在正值暑假，校方不会在晚上联系她，而且堀北也不存在会和她联系的朋友。

那么真正的原因是她有话要对我说吗？

想要联系我却又因为什么突发情况没能联系成。

然后她就睡了，或是忘记了，所以没给我回信，这么个大致过程。

"怎么想都不对劲。"

堀北是个彻头彻尾的优等生，做事认真仔细，不像是会忘记回复消息的人。

我还给她打了电话直接问她，结果没打通，不得已之下给她发了信息。

可信息也没能等来回复，一开始的时候会被标上已读，但现在不会了，从中可以分析出她之前一直在操作手机。

"好想知道是什么原因啊……"

我能做的事情有限，但是也不太放心。现在首先要做的就是反复给她打电话，让她知道我想要联系到她。

我都做到这个程度上了，她就算再忙，看到我的来电后也会来联系我的吧，我继续给她打电话，到第四次的时候电话终于成功接通了。

"喂……"

堀北没有惊讶，但语气中带有一种莫名的疲惫感。

"不好意思，给你打了那么多通电话，你之前打电话找过我，我想知道是有什么事，你在睡觉吗？"

"没有，对不起，没及时回复你。"

她没有慌乱，也感觉不出有什么异样。

"我在忙，要是你没有其他事情的话，我能挂了吗？"

堀北那边传来了哐哐的金属碰撞声。

"刚刚那是什么声音？"

"没什么，再见。"

她可能是不想让人问这个问题，急忙挂断了电话。我虽然想知道具体情况，但反正联系上她了，而且本人也说了没什么，那应该就没事了吧。

我把这件事暂时抛到脑后，开始享受自己悠闲的夜晚。

2

我本以为今天已经不会再发生什么，就这样结束的。

时间刚过晚上九点，手机屏幕静静亮起，来了一条新消息。

你睡了吗？

是堀北发来的。

还没。

我想和你说点事情，现在有时间吗？

距离上一次的通话已经过去了两个小时。

我给你打过去。

发完，我立刻给堀北打了电话，只响了一声铃，电话就接通了。

"怎么了？"

"我有点事情想问你……"

堀北和刚刚一样欲言又止，沉默了一小会儿。

"比如说有一只乌龟。"

"欸？"

堀北突然甩过来一句没头没尾的话。

"这只乌龟脑袋非常聪明，很优秀，但要是遇到了突发情况，被翻了个底朝天，那就糟糕了对吧？靠自己的力量很难再翻过来。"

"这个嘛，好多人都以为一般的乌龟是翻不回去的，但其实只要伸出脑袋，四肢保持平衡，在大部分情况下都能回到原本的姿势。无法靠自己力量翻转回来的就只有象龟或者海龟了，但这两种乌龟都不太可能会遇到需要翻身的情况。"

"……"

堀北因为我的多嘴而沉默了。

"你怎么这么能说，你就假定它们翻不过来，听我往下讲就行了。"

我也觉得自己说得不是时候。

"那……这种翻不了身的情况怎么了?"

"我想问问要是你看到了这种事情,会怎么做?"

"我会帮它翻过来吧,也不费事。"

我没有理由去帮忙,但也没有理由放任不管,既然如此伸手帮个忙也没什么不好的。

她通过这件事想表达什么呢?

简单推测一下的话,难道是堀北自己现在就处在这种困境中?

可是她现在挺冷静的,并没有表现出什么焦灼感,情况应该没有那么紧迫。

"所以……你遇到了什么事?"

面对兜兜转转一直绕圈子的堀北,我直截了当地问她。

不管是遇到什么麻烦事,还是及时解决比较好,既然她不说,那我就问吧。

"我没遇到什么事。"

"不,你刚刚说的东西就是铺垫。"

"我就说了乌龟翻身的事情,但和我自己没关系。"

"……那你为什么要说乌龟的事情呢?"

"一时兴起,想和你讨论一下这个事。"

真是莫名其妙。

“这可不像你，不对，来求别人帮忙也不像是你的作风……你是因为没有其他可以拜托的人才来找我的吧？你还是简单明了地说出来比较好。”

我“教育”了她一下，在短暂的停顿后，她终于愿意开口了：

“既然你这么想帮忙，那我就告诉你吧。”

“呃，好，你说吧。”

拼命为自己找借口的堀北采用了这种不可理喻的表达方式，不过现在这个时候这些也都无所谓了。

“我遇到了一点麻烦。”

她终于承认了。

“你现在在哪儿？”

“房间。”

“难道是进了什么黑虫子？”

那样的话她确实是有可能处于一种有时间说话但解决不了问题的状态，而且现在季节也对。

但是，这里的宿舍卫生保持得很好，堀北还住在较高楼层，虫子会出现的概率很低。

“不是，那种事我自己能处理。”

“怎么处理？用杀虫剂？热水？还是拖鞋？不是这个的话那是什么？”

她没有立即解释自己遇到了什么麻烦。

而我无论怎么推理都想象不出堀北现在的情况到底

如何。

"我发愁的是……不行，还是算了，我自己解决。"

"你不是自己解决了两个多小时都没解决掉吗？"

在她刚开始联系我的时候，应该就已经遇到麻烦了，这么看来，她已经苦战了相当长的时间。

"是啊……"

她表示了肯定，但可能是因为内容比较沉重，她没有立刻往下说。

"……嗯，我的体力确实也快要到极限了，我就直接告诉你吧。"

正当我以为马上就能听到正题的时候，堀北来了这么一句：

"……你现在能来我的房间吗？"

莫名有些害羞，窘迫，还带点特别意味的话语。

"现在已经九点多了。"

"我知道……可是你不来是解决不了这个问题的……"

声音炙热，其中还伴随了轻微的痛苦与烦躁。

"我有点为难啊，这个时候去女生所在的楼层。"

"我明白的，但是这件事只有你来了才能办。"

堀北说完后，单方面挂掉了电话。

"感觉有点恐怖……不过我也只能去了。"

因为太晚了也不好，我直接拿上手机和钥匙就出了门。

3

不太想和其他女生打照面，我看准没人使用电梯的时间点走了进去。

偷偷摸摸又难为情，但我就是这样的人。

终于顺利到了堀北所在的十三层，我按下门铃，等了一会儿，没有人开门。我试着推门，门没上锁，轻易就推开了。

"堀北？"

堀北的房间是一室一厅的，但因为中间还有一扇门，没办法看到卧室里面的样子。

过道与厨房和刚住进来时没什么两样，堀北不在这里。

"你是一个人吧？进来吧，没关系。"

声音从房门的另一侧传来。

"虽然说这里是宿舍楼，你不关门还是挺危险的吧。"

"没关系，就算有坏人进来，光凭我右手的破坏力也足够对付他了。"

她这话是什么意思？

我走进她的房间，穿过过道，踏入她的卧室。

堀北背对着我，看不见她的表情，房间陈设也很简单，没有什么异样。

"我来了，你是有什么麻烦？"

"你看了就知道了。"

堀北慢慢起身，转了过来。

在那个瞬间，我心中的疑惑得到了解答，但同时又产生了新的疑惑。

"原来如此……是这么一回事啊。"

"就是这样的。"

她有些不好意思地移开视线，看向自己右臂前端。她的手被完全卡在了一个女性用的小水瓶里。

"怎么说呢……这不像是你能干出来的事啊，好惨，你难道是在玩什么游戏吗？"

"不要胡说。"

"这是有可能的，就像是拿手指夹着妙脆角吃那样。"

这一说法可能是惹怒了堀北，她表情僵硬，举起右手。

"开……开玩笑。"

"不好笑的玩笑就不配称为玩笑，你说的就不好笑，不及格。"

"不是我的玩笑不好笑，而是因为这个玩笑的对象是你吧。"

"我是洗它的时候变成这样的，别多说了，能不能帮我拔出来？"

还是干正事吧，我抓住水瓶的前端一拔，堀北也顺势被拉了过来。

"你自己拔不出来，说明卡得相当紧，你站稳点。"

要是我一用力连带着她人也过来了，那就没什么意义了。

"我知道，就是太累了，速战速决吧。"

挣扎了两个小时以上的堀北也已经筋疲力尽了。我再次握紧水瓶，然后使了一点劲往外拉，堀北忍着疼站定不动，但或许是因为真的卡得太紧，一点要拔出来的趋势都没有。

"这样不行，这么拔大概是拔不出来的。"

"哎，果然……"

之前就有了心理准备的堀北没有表现出强烈的沮丧。

"只能灌点肥皂水进去，然后慢慢往外拔了。走！去厨房。"

"可是祸不单行，你忘记学校通知停水了吗？"

对哦，宿舍一直到晚上十二点都不会有水，唯一能用的就是马桶水了，但堀北应该是不想用的。

"我去一下食堂。"

只有这个办法了吧，只要能弄到水，就能把手拔出来。

我立刻走出房间，直奔食堂。

但在那里又遇到了不利情况。

"抱歉，来这里的学生人数超出预期，已经没水了。"

食堂的阿姨充满歉意地对我说道。这里的水已经全部分发给了晚饭时需要用水的学生。

"明白了，那我就去自动贩卖机买吧。"

"谢谢合作。"

把手从水瓶中拔出来而已，不需要用太多的水，两杯的量就够了。

我这样想着，向食堂附近的自动贩卖机走去，但是自动贩卖机里的水、茶、果汁等等全部销售一空。

"这样的自动贩卖机我还是第一次见……"

4

"你就这么空着手回来了？"

"水瓶侠"紧紧地盯着我，可我也束手无策。

"我是想从我那里拿点水来的，但也已经用完了。"

只能说这是从不幸中衍生出的悲剧。

"那怎么办？"

"你要是能接受的话，倒是可以问问能不能从池和须藤那里分点水过来。"

"那就不用了。"

我就知道她可能会这么回答，在询问那两个人之前先向堀北确认了一下，她果然拒绝了。

"要是你不愿意欠人情的话，我可以说是我要用。"

"不是这个原因，我不太想用他们手里的水，不知道里面会有什么……"

就像里面有病菌，想要敬而远之一样。我想和她说这绝不可能……但没有自信，那些家伙总是把喝了一半的水或是茶就那么放着。

如果是给堀北的话，他们应该会给干净的水，但如果说是我想要的话，就免不了会有给我喝了一半的水或是茶的可能，因为没有比无恶意的恶意更可怕的东西了。

"那我们要不要再试一次？"

"嗯，就算我喊疼了也请继续下去，没关系的。"

下定决心的堀北将右手伸了出来，想要尽早摆脱束缚，手臂上已经出了一层薄汗。

"好，那我也再加把劲。"

我想快点把堀北解救出来，这样我就可以回自己的房间了。

我牢牢抓住水瓶，然后使出与刚刚相比近乎翻倍的力气将它往外拔，姿势虽然傻，忍忍也就过去了。堀北的表情很是痛苦，但还是不言弃，拼命忍受着这钻心的痛楚。可即便如此，还是没能将手和水瓶分开。

"不行，还是要用到水。"

只能利用减少摩擦力的方法顺势拔出，要是还不行的话，可能就需要打救急电话了。

"要以这个样子等到十二点？"

"我知道联系方式的人里面能拜托的男生就只剩下平田了。"

"他的话倒是不必担心水质问题……可是我不想欠人情。"

"表面上装作是我需要，你不用担心欠人情。"

堀北看上去好像还是有点不太乐意，但现在也没有其他办法了，只得接受。

"那我马上联系他。"

我给平田打了电话，可坏事接二连三，怎么也打不通，我给他发去的信息也没有被标记上已读。

"可能是没看到，或者是睡了，总之是联系不上。"

"这样啊，我的心情挺复杂的，又高兴又不高兴。"

"看来只能拜托栉田或者佐仓了。"

"请找佐仓同学。"

她立刻将栉田排除在外。

"你和栉田的关系还是不好啊。"

"我为什么要和她搞好关系？更何况我对她的行动有几点无法接受。"

"无法接受什么？"

"……船上考核的时候，她从一开始就放弃获胜了，想要平局。"

堀北回忆起之前的特别考核，把胳膊架了起来，无奈手上的水瓶实在出戏，缺少了几分魄力。

"她是和平主义者嘛，所以想要选择那个能让所有人都能得到幸福的选项。"

"我并不打算全面否定结果一，但如果自己班的人是优待者的话，就不能这么做。"

她义正词严地说道。

船上考核是一场将所有人共分为十二个小组并找出其中优待者的游戏。共有四种结果，其中结果一就是组内所有人都找出优待者是谁，并在不出现叛徒的情况下结束游戏，这个结果是最难得的。

奖励也异常丰厚，即全组成员共同得到一百万点，但唯一的缺点就是，有优待者的班级没有额外的好处，每个班都一样，无法拉开差距，让优待者这一特别制度没有办法发挥出应有的效用。堀北不满的地方在这里。

"那个情况本来对 D 班是绝对有利的，也就是说必须隐藏优待者的真实身份，而且也应该是成功隐藏到了最后。可结果她是优待者的事情被所有人都知道了，我认为这件事和她自己有关。"

堀北想说，是栉田的某种行为最终导致了结果一。

"这只是你的臆测吧。"

"是的，但这种可能性极高。"

堀北加重了自己的语气。我理解她的心情，但她手腕上卡着的水瓶实在是不美观。先忽略掉这一点，堀北尚且处于成长前的准备阶段，我在这里有必要修正一下她的想法。

"我明白你的心情，但是你不能这么想。"

"就因为我拿不出证据来证明是她背叛了我们？"

"不，我想说这全都是你的责任。你假定栉田背叛了D班，如果这一情况属实，那么让栉田做出背叛行为来的你是逃脱不了干系的。另外，就算被栉田背叛了，你本来也必须胜利的，不对吗？"

堀北对我这蛮不讲理的猛烈攻势感到不满。

"你也真好意思说，你知道这有多不现实吗？"

"不现实？我可不这么觉得，如果说栉田的背叛导致了结果一，那可是很厉害的事情，不是随随便便就能达成的。也就是说，你在上次的考核中输了栉田一大截，因为实力上有差距。"

当然，我的这些话是建立在栉田是叛徒的假设条件下的，如果不是的话就不能这么说了。只能把这认为是龙园和葛城中的某个人用更强大的力量制服了龙组的每一个人后得到的结果。

但就算是这样，堀北被甩开一大截的事实也不会发生改变。

"因为优待者是自己班里的人，就坚信自己这方一定会获胜，而不采取任何行动的话，团队里的人要负全部的责任，想要升到A班就必须进行一定程度的管理。"

"……你说的东西好复杂。"

"我理解你焦急的心情，但这是你自己选的路。而且与以前相比，你成长了不少，要是我刚见到你的时候和你说这些话，你是绝对不会听的。"

没错，虽然缓慢，但堀北在精神上正踏踏实实地开始成熟起来，不再是初遇时那个拒绝一切的少女了。

"知道了，我接受考核结果，是我想得太简单了，我会反省自己的，但现在关键是让我的手恢复自由。"

当务之急确实是这个。

"我问一下佐仓。"

因为天色越来越晚了，我没有给她打电话，而是采用了发消息的形式。

佐仓，你应该也知道停水了的事情，我房间里没有喝的水了，自动贩卖机也售空了，可以的话，你能分点水给我吗？

发过去后，我等待了一会儿，但消息没有被看到。

"也不行，不知道她是不是睡了，没看到消息。"

"真倒霉，今天哪儿哪儿都不顺……"

"你想要立马摆脱这个水瓶吧？"

"我要是打算把它戴到明天的话就不会把你叫过来了。"

也是，谁都不会乐意自己的手一直卡在水瓶里。

"既然如此，你就只能用需要承担一定风险的方法了。"

"……一定风险？"

堀北戒备地反问我。这个方法恐怕早就出现在了堀北的脑子里，只是被搁置在了角落。

"离开房间，去能用水的榉树购物中心，只能这样了吧。"

"事情果然变成了这样……"

她的手抵住了额头。现在的她不管做什么动作看上去都很傻。

"现在这个时间段，大部分人都在吃饭、洗澡，要做的事情很多，正是机会。"

实际上我在来这个房间的路上还有去食堂的路上都没有遇到一个同班同学。她既然忍不到十二点，恐怕就必须要冒这点风险了。

"不能拜托你更靠谱的朋友吗？"

"已经没有你能接受的了。"

"怎么搞的，没想到这件事这么难解决，今天这是怎么了……"

"为了快点完事你也得去。"

"等……等一下，我真没办法就这么出去。"

"那就拿什么东西盖住手？虽然已经有水瓶罩着了。"

"不要再开这种无聊的玩笑。"

"知……知道啦，我向你道歉，你快点把右手放下去。"

她再次摆出要对我动手的架势，我连忙躲开。

"你有布之类的东西吗？"

"布？手帕倒是有。"

堀北从架子上拿出了一条白色的手帕。

我拿过来盖在她的水瓶上。

"……格外奇怪，怎么说呢，尺寸不太合适。"

虽然大部分都被盖住了，可要是能让人看出来这是个水瓶的话就没什么意义了。

"有没有大点的？"

"大的就只有浴巾了……"

她这回把浴巾取了出来，试着盖在手腕上。

"呃，这回算是盖住了……"

就是没办法解释为什么要手里拿条浴巾出门。

从某种角度上说，这可能比手卡在水瓶里更要引人注目。

"我担心走着走着浴巾会掉下去。"

"拿另一只手压住比较好吧。"

她将浴巾叠好，给人一种接下来要去洗澡的感觉。

嗯，这样看上去好多了。

"要是别人看到我现在这个样子，会做何感想呢？"

"是啊……"

因为一般人是不会拿着浴巾走在宿舍楼里，也不会到外面去的。

看到的人肯定会觉得奇怪，旁边还站个我的话就更不自然了。

"因人而异吧……比如说，可能看上去像是要去我的房间用浴室。"

这个思维可能过于跳跃，但看上去确实像。

"不行。"

她把浴巾取了下来，对这个遮挡方法表示拒绝。

我也不希望别人生出这样的误会。

"把手放进书包里怎么样？"

"这个更不靠谱，不行，你能不能再想点好方法？"

明明她现在身处困境之中，抱怨的话倒是一句都没少。

"要不然就这么直接去吧？也能避免像毛巾和手帕这样的遮盖物出现掉落的情况。"

"……也是。"

想得太复杂也只是浪费时间，那还不如直接开始行动。

我带着犹犹豫豫的堀北向走廊移动。

"太好了，现在正好没人，走吧。"

"等……等一下，我现在这个样子不好穿鞋。"

她有一只手用不了，所以穿鞋有点费劲。耽搁了一点时间后，我们终于来到了走廊。

"上学路上好像是有水龙头的吧？走到那里说不定就能解决这个问题。"

正常走路的话五分钟也就到了，现在情况特殊，时间可能要翻倍，但只要出了宿舍，混在夜色中，应该也就无所谓了。

我们走到电梯前，现在两台电梯都没有人用，所以也不会存在需要和别人同乘一台的情况。

"不行，我们不能坐电梯。"

"为什么？"

"一楼大厅不是有监视器吗？说不准会有人通过那个看到我们。"

一楼确实装有播放电梯内监控画面的监视器，她担心被人看到。

就算把手藏在监控拍不到的地方，也免不了动作上有点不自然。

"那就走楼梯？"

走楼梯的话会浪费相当多的时间，而且她现在一只手不能用，有些危险。

"比起让人看到我这个鬼样子，我更愿意选择走楼梯。"

堀北将劳累和自尊心分别放在天平的两边，最后偏向了自尊心。

楼梯有两处，离电梯的距离一样，无论是去哪边都需要经过其他学生的房门前。没办法，堀北只得藏在我的身后，一起向楼梯口移动。

途中，堀北的那句"今天这是怎么了"又灵验了，今天确实是不幸的一天。

从一个陌生学生的房间那里传来了开门声。

位置在我们身后的第三个房间。

"不好，是前园同学的房间。"

D班的前园啊，她应该是堀北现在不想遇见的人之一吧，可现在我们没有藏身之处。

从缓慢开启的房门里走出来的不是前园，而是她的朋友栉田，这对堀北来说恐怕就更糟糕了。

"谢谢你，栉田同学，这个人情我下次还你。"

"没事的啦，别放在心上，晚安咯。"

原来栉田不是来前园这里玩的。因为前园是站在房间里跟栉田道的别，没出来，所以没看到她的脸。关上门后，栉田径直向着电梯走去，并未意识到我和堀北的存在。

"好险……"

"是啊。"

要是她刚刚回头了的话，估计就发现我们了，好在是虚惊一场。

总而言之，这里太显眼了，必须尽快到达楼梯所在的紧急出口。

可就在我们刚迈出下一步的时候，前园的房门又开了。

"栉田同学你落东西了！"

前园说着，从房间里追了出来，栉田当然回了头。

"咦，绫小路和堀北同学，晚上好。"

"晚上好。"我们打了一声招呼。

但栉田还是要先确认一下落下的东西，回到了前园面前。

前园当然也看到了我们。

堀北僵住了，感受到栉田和前园视线的她一动不动的。

"你把手机落下了。"

"啊，抱歉，谢谢啦，多亏你提醒我。"

"我们赶紧走吧，此地不能久留。"

她拿水瓶前端顶我，趁现在栉田她们的注意力放在了手机上，抓住机会，赶紧走。

要是她现在这个样子被别人看到了，自尊心估计会被压得稀碎。

我们两人终于到达紧急出口，想要推门进去。

但是……

"打不开……"

"开玩笑吧，紧急出口怎么可能打不开。"

"不是，是真的打不开。"

通常来说是禁止给紧急出口上锁的，这恐怕是……

"你们两个人要去哪里呀？"

想要从紧急出口出去的我们引起了栉田的注意，她在结束和前园的对话后朝我们走了过来。

"啊，不是，就突然想走楼梯下去。"

这个理由听上去莫名其妙，但现在也只能这么回答了。

"东口楼梯好像是因为电源断了，现在暂时用不了，黑乎乎的很危险，西口的那个倒是能用。"

"这样啊。"

堀北没有和栉田说话，躲在我的背后，想要混过去。

"感觉堀北同学今天和平常不太一样呢，发生什么事了吗？"

结果栉田主动来和堀北说话了。

她的步伐没有停止，应该是打算走到我们面前。

堀北可能是察觉到了栉田的行动轨迹，稍稍提高音量回答道：

"没什么事。"

她的意思像是在拒绝栉田的关心，意识到这一点的栉田随即停住了脚步。

"你要是有什么需要帮忙的地方就开口哦，刚刚前园同学就因为停水了没水用，而我又有多余的。"

看来眼前的栉田拥有着堀北现在最想要的东西。

只要开口求助便能轻而易举地得到它，可是……

水瓶的前端像是枪口一样顶着我的背。

堀北是不能容忍自己向栉田求助的吧。

154

"那再见啦，二位晚安。"

"嗯，晚安。"

5

我们费了老大劲终于从十三层走到一层。因为停水风波，大厅本来是有可能聚集了许多人的，但幸运的是现在这里既没有学生，管理员也不在。

"现在能行。"

"……嗯。"

堀北躲在我身后，我们一起穿过玄关往外走。

但……

能看到前方的黑暗中几个男生和女生正一边聊天一边朝这边走过来。不像是 D 班的学生，但对于堀北来说是谁都一样，都是她不想见到的。时间也不够我们走出宿舍楼，只得掉头背过身去。

"这样下去的话会被看到的……"

那群人离宿舍越来越近，我们可能要回楼梯间躲一躲。

慌忙打开通往楼梯间的大门，谁承想我们在这儿又遇上了难事，能听到从正上方传来的声音。仔细一听，好像是住在三四层的男生，他们正要往下走。

房间楼层低的学生不使用电梯，选择走楼梯也不奇怪。

往上走的路也被封住了，我们匆忙回到大厅。

"只能进电梯了啊……"

"没关系吗？会被监控拍下来的。"

"只能让你给我挡住了，我知道监控的位置，应该可以实现。"

确实会有些不自然，但也不是不行，如果还有别的方法的话就不会选这个了。我们赶紧进到停在一层的左侧电梯里，我立刻站到监控前，堀北则站在我的身后，遮住自己的胳膊。

这样一来，不仔细看监控器显示屏是发现不了什么异样的。总而言之，现在必须抓紧时间离开一层，我随便按了个楼层按钮，电梯开始向上移动。

"目前算是安全了……可我们又回到了原点。"

"我已经放弃了，现在这个样子我是不可能出得去的，我就乖乖等待来水吧。"

堀北做出了这个艰难的决定。那现在就只能回十三层了，我撤销掉刚刚随便按的楼层指令，重新按下十三层。

不会再来别的考验了吧。

就在我和堀北都要放下心来的时候，意外再次毫无征兆地降临。

电梯上升的速度迅速减缓，最近真的只要一坐电梯就没好事啊，但我现在也没工夫去想这个问题。电梯速度放缓并不是因为电梯出现了故障，也不是我按错了按钮，这是……

电梯停在了五层，没错，是五层有学生按下了电梯按钮。

不管进来的人是谁，都免不了会看到堀北这异常的样子。倒不如一口气进来一大群人，把电梯塞得满满当当的更不容易被发现。但遗憾的是，站在开启的电梯门前的只有一个男生。

没想到会是这个家伙……

不知道这个男生有没有意识到我们的存在，他还是和平常一样摆出一副优雅造作的样子，上了电梯。

他看也没看我们一眼，径直朝着电梯里的镜子走了进来，然后照着镜子检查自己的发型有没有乱。

"……"

堀北应该也对这个时刻沉浸在自己世界中的男生无语了吧。他把时刻随身携带的梳子拿了出来，开始整理自己的发型。

"电梯 boy，我要去最高层。"

一边看着镜子里的自己，D 班学生高圆寺六助一边放言说道。我虽然很想吐槽几句，但这时候还是闭嘴照他说的做比较好。我按下最高层按钮，电梯门关闭，电梯再次上升。

高圆寺一直执着于检查自己的头发，完全没有要搭理我们的意思。如果是陌生人的话还说得通，但我们再怎么也是同班同学，本以为他至少会看我们一眼的。

我们算是尝到九死一生的滋味了，高圆寺对堀北没有兴趣，应该不会看到水瓶的存在，接下来的短暂时间内不做会吸引到他注意力的事情即可。堀北调整了一下自己身体的位置以防万一，这样就算高圆寺看过来了也没事。

既能让自己处于电梯监控的死角，又能挡着自己的手不被高圆寺看到。

电梯过了十层。我其实想知道他要去最高层做什么，可也不能问。最终我们平安无事地到达了十三层，难以置信。

电梯门缓慢开启，我和堀北几乎同时从电梯上下来。

一直到最后，高圆寺的视线都没有离开过镜子，坐着电梯往最高层移动。

虽然已经没事了，堀北还是加快步伐回到了自己的房门前。

"不能再这么做了，这样提心吊胆地在外面走来走去太胡来了。"

她进了房间，刚刚应该是相当紧张的……

我也跟在她身后再次进了屋。

就在这时，我的手机振动了一下。

抱歉，回消息晚了。我刚刚在查东西，没太注意手机。

佐仓回复道。

"是佐仓同学？"

"嗯。"

你是需要水吗？当然可以啦，一瓶够吗？

足够了，谢谢，我可以现在去拿吗？

嗯，我等你。

直接和她本人说话会很难往下进行，但手机聊天的话就很顺畅。

"太好了，堀北，佐仓说她有水可以分给我，我去去就回。"

"拜托了，但千万不要把我的事情告诉她。"

"好，你就要和这个造型说再见了，要不要照一张留作纪念？"

她挥舞起水瓶，我感觉那爆炸性的攻击马上就要降临到我身上，赶忙逃到走廊。

"真是个可怕的女生，按照她的运动细胞，照着头来一下，我可能就没命了。"

被手上卡着水瓶的女生打死的话，会让我史上留名，成为我这辈子的污点。

6

"看吧，拿下来了。"

经过长时间的艰苦奋斗，费了九牛二虎之力，终于把水瓶从堀北手上取了下来。

"这一天真是倒霉……"

被一个水瓶浪费了这么长时间。

"你千万不能把这件事告诉别人。"

"你在说这句话之前，是不是应该有其他话要说。"

"……谢谢。"

虽然没有那么心甘情愿吧，总之她能感谢别人了。

"把手放进瓶子里拿不出来这种事真不像是你能干出来的。"

"你别说了，我自己也不想惹这种麻烦。"

危险还真就潜藏在我们的身边，谁也预料不到这世上会发生什么事。

堀北开始赶人，我在她的催促下回到了自己的房间。

不过，手放进瓶子里拔不出来这种事情，真的有可能发生吗？

我把水瓶从盒子里拿出来，用水冲洗过后，试着把手放进去。

看上去大小不太合适，但没想到正好能塞进去，手腕处紧紧被固定住了。

"真像火箭拳。"

我立刻就察觉出自己有点傻，想把水瓶拿下来，没承想……

"拔……拔不出来！"

犯桃花的灾难日，如天使般的魔鬼笑容

"今天就靠你了，绫小路！"

"这大早上的……山内，你可真精神啊……"

被狂响的门铃吵醒的我看着来访的山内无奈地叹了口气。

"打扰了！"

真是活力十足，但好在池和须藤没有一起跟来。他找我是有什么事呢？

"你还在睡觉啊，暑假没剩几天了，你怎么还优哉游哉的。"

就是因为假期所剩无几了，所以我才在家里好好休息的。

"我决定让今天成为我特别的一天，先让我进去。"

还没有追上山内思路的我一边挠着自己睡乱的头发，一边招呼山内进了屋，给他倒了杯大麦茶。

"所以，你这个特别的一天和我有什么关系？"

"你不要说你忘了啊，绫小路，你答应把佐仓的联系方式告诉我的！"

山内大声质问我，眼睛有些充血，他是认真的。

"这样啊……"

那件事全都是我的错，我也不好找借口糊弄过去。

之前我以把佐仓的联系方式告诉山内为条件让他当

了小丑，为此还使得堀北对山内的评价下降了。从道义上讲，我应该告诉他，但因为没有事先取得本人的同意，从保护她的角度出发，我到现在还没有告诉山内佐仓的联系方式。

这个人情估计是必须还了。

"如果你是来问我联系方式的话，还挺难办的……"

"不是，那个我早放弃了。"

说着，山内拿出一封刚刚应该一直攥在手里的白色的信。

"我把自己对佐仓的想法都写在这张纸上了！"

"写在纸上……难道这是情书？"

"没错！上面写了我有多喜欢佐仓！你看看！"

他把信从还未封口的信封中取出，拿给我看。

敬启：佐仓爱里小姐，我越来越喜欢你了，请和我交往。

"开头部分好敬重，而且是不是太简略了……"

听完我提出的问题，山内还是一脸的骄傲。

"这种东西又不是越长越好。"

这倒或许是真的，可它作为情书不会过于没头没尾嘛。我估计收到的人也会感到为难，更何况收件人是佐仓。

"你为什么不手写，而是打印呢？"

"我不是字写得不好看嘛，打印的要清楚些，我担心她读错了，特意这么做的。"

他拿食指摩擦着鼻子下面的地方，一副自鸣得意的样子，不过我觉得这一点应该没有那么重要。

"而且最近不是连履历书都流行打印的吗？"

"想把自己的心情传达给对方的话还是手写比较好哦，再说了，你为什么要选择这种恐怖的字体啊。"

就像是在拿幽灵鬼怪来吓唬对方一样。

"这样给人的印象更深刻不是吗？能强烈表达我对她的爱慕。"

"呃，退一万步说这样可以……问题的关键在于结尾的地方。"

要是你同意和我交往的话，我愿意把每个月的点数都交出来，献给你！

"再怎么说这样都不行吧……"

"什么啊，不是说可爱的女生都喜欢被供着吗？能表达出我就算失去所有的点数也要和她在一起的那种热情和对她的喜欢。"

也不能说这不算是一种爱的表达，可也能被理解为拿钱来引诱对方和自己在一起。

"没事的，就算是为了钱也行，我就是想和她在一起……这封情书这么差劲？"

我点点头，山内一副似懂非懂的样子。

"……我问你一个问题，你是真打算表白吗？"

"嗯，从第二学期开始，我想要过上梦想中的学校生活，我要赌一把！已经拜托桔梗帮我把佐仓约出来了。"

他的眼神里没有开玩笑时的那种戏谑，看来已经下定决心了。

看他这个样子，我也没有什么好瞧不起他的。如果他对佐仓没有什么敬意的话，我有必要阻止他，但现在看来他的做法还是很正当的，我应该帮他一把。

"那……我该做什么？就检查一下情书的内容？"

"不光是这个，你还有一个重要任务，就是帮我把信交给佐仓。"

"什么？"

我以为自己听错了，又重新问了一遍。

"我是说，我希望你代替我把信给她。我从早晨起来就紧张得不行，自从国技馆①决赛获胜以来，我就没有这么紧张过了，我担心自己说不好。"

我想问问他到底是参加了国技馆的什么决赛，他总

_____

① 日本相扑协会经营的体育设施。

是吹这个牛，但山内的语气确实和每日兴致高昂，对待恋爱也直来直往的他不甚匹配，带了点怯懦。

"要是信的内容有问题的话我会好好重写的，求你了，帮我这个忙！"

"啪"的一声，他双手合十，低下头拜托我。

"然后之前的事情我会当没发生过！你要是有什么地方需要帮忙，我也会帮你的！"

"……如果你坚持的话，我可以答应你。"

"真的吗？"

"不过是成是败谁也不知道，关键要看佐仓是怎么想的，你明白吗？"

"嗯，我也不是傻瓜，我知道成功概率不大。"

他可能是内心极度不安，认为成功的可能性没多高。

实际上佐仓对男生是敬而远之的，这么想来成功的可能性几乎为零。但即便如此，这个男人在这个瞬间展现出了他的斗志，他是下定了决心的。

"……明白了，我会把你的心意转交给她，这样可以吗？"

这样就没有什么公平不公平之说了。

"绫小路……谢谢！"

他紧紧握住我的手，低头致谢，就像是把我当成了神灵在崇拜。

　　既然决定了，那就必须先把信的内容修改一下，考虑到收信人是佐仓，语言需要更加柔和，能传递感情，这样才有效果。

　　山内决心已定，可其实还为时尚早，互相都还没有交换联系方式就告白，这实在是有风险。

　　求成功率的话就该稳攻，但山内的行动应该也算不上有错。

　　恋爱本就是突然开始的东西，世间多的是从零开始的恋爱。

　　"首先就是开头的地方……"

　　我的恋爱经验和山内一样是零，但至少还是能想想像样的表白用语的。

　　"啊，对了，我有一个请求，就是我想在校舍背后知道回复。"

　　"校舍背后？和第二体育馆相连的那里？"

　　"对对，相传在那里告白会顺利。"

　　这和在传说之木下表白就会成功的说法差不多，传言真是个搞不清楚来源出处突然就会冒出来的东西。

　　"原来如此，这也是演出的一环啊。"

　　"这当然不仅仅是传言了，大家都说学生就该在那里表白。"

　　虽然我还是不能把告白和校舍背后联系在一起，但我充分明白了他所想象的是怎样的一个场景。

1

距离和目标人物佐仓的见面时间还有三十分钟。她是以怎样的心情答应了栉田的邀请呢，这只有她本人知道，但恐怕她的心情不会是平静的。

我率先到达了约定场所，等待佐仓的到来，山内说不能让女生等，可提前三十分钟会不会有点太早了啊。已经调成静音模式的手机在口袋里振动了起来。

"喂。"

"怎……怎么样，看到佐仓了吗？"

"没影呢还，不到约定时间的十分钟前她是不会出现的吧？"

"这……这样啊，啊，好紧张！"

山内站在稍远处朝我这边挥手。

他虽然不想被看到，但还是很在意我这边的情况，这才在一边看着的吧。

"喂，山内，真的要由我来转交吗？我觉得还是你自己来比较好。"

"不，不行，我因为小时候的心灵创伤，特别紧张的时候手就会抖。"

估计大部分人都会是这样……

"我明白你不想失败，但是再考虑一下怎么样？转交情书这种事情真的靠谱吗？"

"这种套路不是常有的嘛，被可爱的女生约在放学后见面，满心期待地去了，结果来告白的是个丑八怪。就是反过来了啊，我没让榉田告诉佐仓是我叫她出来的，当她发现等她的人是绫小路你的时候心情肯定会一落千丈，但她后来发现实际向她告白的人是我，一比较，那效果不就上去了？所以绫小路你在给信的时候不要说是我给的，让她误以为是被你这样的家伙告白了比较好。"

他在滔滔不绝地讲述着自己的作战方案，全然不顾这算得上是对我人格的侮辱。我不打算对他这一行动的目的做出评价，但无疑还是要考虑一下佐仓的心情。

"就算你说看了信就会明白告白的人是你，被不出现的人告白只会让她觉得恐怖吧。"

"这个……"

还有时间，说不定能让他重新考虑一下这个问题，告白基本上也就一次机会，他应该也不想以后再后悔。

"现在还没到时间，你觉得你应该再想想，你是为了和她在一起才亲笔写的信对吧？"

"确实……呃，果然我还是应该自己告白吗？"

山内终于就要得出这个结论了。

"……绫小路同学？"

在我听到身后好像有轻微脚步声传来的同时，耳边响起了这样的搭话声。

"是佐仓！接下来就拜托你了！"

正在试着鼓起勇气自己表白的山内因为佐仓的提前出场慌忙挂断了电话。

我也无计可施，能做的就只有转交山内的信了。

"真巧啊。"

"啊，不，是栉田叫你出来的吧？"

"嗯，说是有点话想和我说……好像还挺重要的。"

她向周围看去，自然除我以外别无他人。

"实际上是我拜托栉田把你叫出来的。"

严格来说这个人并不是我，但只能这么说了。

"绫小路同学你？这……这样啊，太好了，我平常和栉田同学没有什么接触，还担心是不是自己做了什么让她不开心了呢。"

她松了口气，之前有些忐忑不安。

我决定问她一个简单的问题。

"但是你来得好早啊，现在离约定时间还有将近三十分钟。"

"那个……如果我不早到的话，会不安的。"

她断断续续地解释道，心情还没有完全平静。

"这样啊，原来叫我的人是绫小路同学你啊，真的吓死我了。"

她刚才的紧张有所缓解，表情也恢复了平静。

"但是为什么啊？有事的话直接找我不就行了。"

"啊，那个，事情有点复杂。"

"什么意思？"

我该怎么解释才好呢，这确实难到我了，虽然充分学习了男女生之间生物学上的差别，可我是一点也不知道在现实生活中遇到这种情况该怎么处理。

而且不光是性别差异，还要考虑到佐仓个人的性格和情感，这是智慧人类所创造的社会中复杂奇怪的一面。时间在我思考的过程中不断流逝，长时间的沉默可能会让对方提高戒备。

"其实……我是想把这个给你，才让椊田把你叫出来的。"

我把山内托付给我的信拿了出来，想要交给佐仓。

"这是？"

"不要问那么多了，看了里面的内容你就会明白的。"

要是把写信人的名字告诉了她，那这封信的意义就在某种程度上变弱了，还是先不说的好。

"嗯，好。"

不知为何产生了一丝的罪恶感的我向旁边看去。

而佐仓看了看信，又看了看我，试着去理解眼前发生的事情。

"男生……给我……信……"

拿到信的佐仓也盯着别处，嘟囔道。

不好，这样她可能会误以为是我写的，那就糟了。

"是一个男生叫我给你的，我不能说他的名字，你读了信以后就会知道是谁。字虽然不好看，但也是他努力写的。"

我认真补充道，避免产生误会。

"呃，呃啊啊啊……这个是……啊啊啊啊！"

佐仓应该猜到这有可能是男生的表白信了吧。她又不冷静了，视线转向别处。

也不好等她当场打开读信看她的反应，我还是早点离开吧。

"信我给你了，接下来就看你自己的决定，要是不想当面回复的话，发消息或者打电话告诉我也行。"

佐仓可能无法当面表示同意或者拒绝，这个就由我来帮她做。

"这……这个……这个是……情……"

"嗯，是情书。"

"啊！"

我慌忙扶起向后倒去的少女。

"没事吧？"

我的手碰到了她的后背，很烫，她应该是没想到会发生这样的事情。

或许是在脑中思考这封信是来自谁。

"那个那个！"

她睁开双眼，以极快的势头起身站立。

确认她站住了以后，我的手离开了她的后背。

"堀北……同学她……不会生气吗?"

"欸? 堀北?"

她为什么要生气，她要是看到我代替山内转交情书，说不定会叹息着说："你又被卷进这种无聊的事情里了啊，真惨。"

至少不会生气。

我瞬间觉得她是不是误以为表白的人是我，可转交信的时候我明明说了是一个男生叫我给她的，我不能说他的名字。应该不会弄错。

可佐仓的脸越来越红，紧张得像要窒息了一般。

光是收到了信，不该有这样的反应。

就像是处于收到了来自眼前男生的告白信的状态一样……那样的话，不管她的答案如何，会慌乱也是情有可原的。就算是我，处于这种状态下的时候保不准也会这样，她会说出堀北的名字也和这有关。

"佐仓，我再说一遍……这封信是别人委托我交给你的，你明白吧?"

佐仓的肩膀哆嗦了一下。

"欸……啊，不是绫小路同学……"

"我刚才也说了，只是有人拜托我转交给你。"

"也……也是，不可能会是你给我的……可……可……可是这该怎么办?"

"很简单，你读完以后，告诉我你的回答即可。"

我决定不打扰她读信，转身想要离开，但袖口被拽住了。

"欸！不行不行！我……"

"你从来没有被表白过？"

"没有！"

佐仓立刻回答道。她长得这么可爱，说被人表白了无数次都有人信。

可这是现在的佐仓才会让人这么觉得，以前的佐仓就不一定了。

"你能和我……一起看这封信吗？"

一起……这本就是山内在我的指导下写出来的。

但佐仓既然说自己没有勇气一个人看，我也不能不帮……

山内应该是不想看到这一幕的。

"你能一个人读信吗？这也是我作为转交者的责任，我知道这给你造成了一定的负担，希望你能理解。"

"嗯……"

佐仓看上去一点也不高兴，我逗了她一下。

"可能是你喜欢的人给你的哦。"

"已经没有这种可能了……"

"欸？"

"啊，没事，因为我没有喜欢的人！我先回去读信了！"

佐仓微微低下头，向着宿舍正门方向走去。

她接下来就是要回房间读山内亲笔写下的表白信了吧。

"怎……怎么样？她什么反应？表情开心吗？"

远远看到佐仓拿着信回了宿舍的山内跑来问我，看表情很是紧张。我知道他一定有许多想问的，可既然如此，为什么不一开始就自己给信呢？

"她还没有读，你的审判结果要之后才会下。"

"什……什么审判，不要说得这么恐怖嘛，我相信自己绝对没问题！"

"你有什么根据？"

"看她和我说话时的举止。"

"举止？"

"会害羞地往别的地方看，应该是喜欢我，所以不敢看我吧。"

不……这单纯是因为佐仓不擅长与人面对面说话。

"不光如此，她在和我说话的时候，或者是那之后，会有些沉重地叹口气，这就是爱的叹息吧？不是有那种嘛，想起自己喜欢的人的时候，'哎'的一声叹气，我觉得她的这种举止就是前兆。"

这多半是因为山内兴致勃勃地来和她说话，她累得叹气吧……可能一旦扯上自己喜欢的女生，人就会被蒙蔽双眼，连这种明眼人一下子就能看出来的事情，都变得复杂不已。

2

深夜，我虽然有些在意佐仓明天会给出怎样的回复，但还是在有条不紊地进行着睡前的准备，这时，手机振动了一下。

你睡了吗？

简短的文字，是佐仓发来的。

我没有碰手机，盯了一阵屏幕，但她没有下文，恐怕是以为我已经睡了，怕打扰到我吧。我打开聊天的页面，使她发来的信息能够被标记上已读。

于是，一会儿过后她又发来一条很有顾虑的信息。

我把你吵醒了吗？

抱歉，我刚刚在洗东西，没事的。

我撒了一个小谎。

她可能是放心了，接着发来了一段较长的文字。

我明天下午五点要和山内同学见面……在那之前，我能先见你一面吗？

我本来是能够拒绝的，可佐仓没有其他可以拜托的人了。

你们打算在哪里见面？

校舍后面。

我是知道的，但还是确认了一下。

因为不想给佐仓添麻烦，会面地点同样选在了校舍后面。

那现在就睡吧，我麻溜做完要做的事情，关灯躺在床上。

随后手机再度响起。

那个……对不起，又来打扰你了，我们能打电话聊聊吗？

文字中传递出佐仓的不安，还是不要丢下她直接睡觉的好。我给她打了过去，耳边响起了佐仓怯怯懦懦的声音。

"睡不着吗？"

"嗯……一想到明天的事情就紧张……哎。"

忧郁的叹息声。她的不安通过电话传了过来，是在想该怎么对告白做出回应吧。

"我一点也不了解山内同学……这让我有点害怕……"

"这样啊……"

"我知道喜欢一个人，讨厌一个人，都伴随着很大的责任。"

这对一直以来都和别人保持着距离、不去引人注意的佐仓来说，刺激太大了。

可是他人能参与进来提供帮助的程度也是有限的。

决定一切的人是佐仓，接受者是山内，连恋爱初学者的我都知道这一点不能发生改变。我没有权利建议她拒绝或是接受，我只能静静地听她说话。

"山内同学明明没有做错什么，我还自顾自地……产生一种厌恶情绪，但是，我又为他喜欢上我这种人而感到抱歉……"

这让她强烈感受到恋爱这个东西的不易。

"我一直在想这个问题，不知该如何是好……"

也是，通过电话我都能感觉出来她的内心一直很混乱。

"我会在脑子里想，为什么会是我……为什么我要这么烦恼……"

不要说是开心了，她的样子更像是觉得讨厌，或者说是困扰。

"绫小路同学，这个问题可能有点多余……"

"你随便问，能回答的我一定回答。"

"嗯……你……您现在正在和谁交往吗？"

不知为何，她又换了敬语来问我。

"现在没有，当然还有以前，都没有和别人交往过。"

"真……真的？"

"你表现得这么高兴，可是让我有点难堪哦。"

这可是很伤我这个从来没有交过女朋友的男生的心。

"不，不是，我没有想要取笑你的意思！只是因为知道了你和我一样，所以很高兴。"

"我没有生气，是逗你的。"

"讨厌！"

小小的玩笑舒缓了佐仓紧张的情绪。

"那你被人表白过，或者向谁表白过吗？"

她问得相当深入了，不过这也没什么好隐瞒的。

"和你一样，告白经验值为零。"

但佐仓经此一回就不一样了，有了值得纪念的第一次。

"这样啊！"

她又表现出了高兴的样子，我就这样和她有的没的聊了一会儿。

终于有了睡意的佐仓挂断了电话，希望她能有个好梦。

我这样想着，也慢慢进入了梦乡。

3

约定时间是下午的四点，可我提前十分钟到达约定的地点时，佐仓已经面露复杂的表情在等我了。

可能是脑子里在想着各种各样的东西，她的表情迅速发生着变化。

失落的表情、紧张的表情、担心的表情，她在想什么呢？

"让你久等了。"

"啊。"

听到我的声音，佐仓慢慢抬起头来，犹犹豫豫地向我这边走来。

要是能减轻一点她的负担就好了。

"谢谢你……能来。"

"还没到要谢的程度，你有什么事要和我说吗？"

"嗯……那个，关于昨天的信……"

"怎么了吗？"

想在见山内之前先见我一面，是因为心里有什么想法吧。

她可能是对说这个产生了点抵抗，迟迟没有开口。

"不必顾虑……"

在我打算先开口的时候，我看到了几个朝连廊这边走来的学生，穿着运动服，应该是和社团活动有关。

"抱歉，我们走走吧。"

"欸？啊，嗯。"

现在被别人看到了的话不太好，为了避人耳目，我们向着校舍背后草木茂盛的地方走去。我没有去过，而且看样子也少有人会去，但那里的树木并没有因此疏于管理。

万一和提早来到会面场地的山内碰上了的话也麻烦，就让我早点结束与佐仓的谈话吧。我这么想着，看到她莫名其妙地歪了歪头，张开右手，望向天空。

"怎么了……"

刚说出口，我就立刻明白了她奇怪行动的理由，她的脸上附着了一滴水珠，如果这不是人工制造出来的东西的话……

"下雨了呢。"

本以为今天是个晴天，没想到突然就出现了强降水。这应该只是暂时的，可势头太猛，立刻就把衣服给淋湿了。

"呃，先回连廊吧。"

我带着点头表示同意的佐仓回到了一开始的地方。只淋了不到一分钟的雨，但因为强度大，佐仓的制服和头发都湿透了。

"真不走运……你没事吧，佐仓？"

"我没事，你呢？"

"我也没事。"

看着雨势越来越大，我轻轻叹了口气，这雨来得真不是时候。

"这个给你用。"

佐仓有些犹豫地拿出了手帕，我还记得它，和无人岛的时候她借给我的一样。

"我就算了，你自己用吧，小心感冒。"

明明她自己身上也都湿了，可是并没有先给自己擦。她踮起脚尖拂去我头发上的雨水，香味混着雨水的味道进入了我的鼻腔。

"我反而没事。"

她说着，慢慢擦去了我头发、脸颊，还有脖颈上的水珠。

"……"

我静静站立着，不知不觉偷偷看向了佐仓。我觉得自己好像大概明白山内的目的了，和女生两个人待在校舍背面的这个时候，一种奇妙的紧张感席卷而来，心跳在无意中加快。

虽然突然下雨了，可这就像是上天精心安排好的情景一样。

急雨，两人慌忙跑到屋檐下。

讨论着雨势……渐渐地，话越来越少。

然后视线缠绕，对方的呼吸声传至耳边。这是男生们经常会幻想的场景，但不知为何，它在我的头脑中闪过。

山内所求的可能就是类似的感觉。

"这雨会不会马上停呢？"

"我刚才看手机上的天气预报了，确实是阵雨，应该过一会儿就停了。"

"嗯……"

"抱歉啊，明明你一会儿还有大事，结果让你衣服都湿透了。"

"没事的，也不是什么大事。"

她都这么说了，也就意味着……

"我……该怎么做呢……"

"你不用想太多，只需要把自己的感受说出来就好，接受还是拒绝，或者是从朋友做起。"

做法因人而异，我不必多言。

"你也可以保留自己的答案，要是觉得不好意思的话，就由我来告诉山内。"

估计山内是不想这样的，但如果佐仓希望如此的话，我就必须助她实现。

"……不用了，我会亲口告诉他……可能我也必须这么做。"

"是啊，这对山内也好。"

"嗯，我明白了……我会拒绝他。"

在告诉山内之前，她先告诉了我。

"这样啊。"

从目前为止事情的发展方向来看，这已是必然。

可关键是要由佐仓自己亲口说出来。

"啊，唔，我觉得自己没有资格去拒绝别人的这种想法或者心意，可能会被人误以为是在装清高吧……可我……"

不知为何，佐仓好像对于拒绝别人一事抱有强烈的罪恶感。

"你不用觉得愧疚，这基本上就是表白一方单方面的想法，只有在你也喜欢对方的时候你才能对他的感情做出回应，不喜欢的话，拒绝就好了，绝对没有什么资格不资格的。"

我将这一想法强烈地传达给她，不希望她理解错了。

雨应该快要停了，但山内说不准什么时候就会出现。

"我回去比较好吧？我还是先走了。"

雨势还是挺大的，我迈出去了一步。

"不，不行！你不在的话我就什么都说不出口了……拜托……"

她又抓住了我的袖口，而且使了很大的劲。

"求你了……不要留下我一个人。"

"你要是希望我在的话，那我就不走了。"

我决定留在屋檐下，毕竟佐仓之前帮了我很多忙。

十五分钟过后，山内终于来了，但从约定时间来看他来得还是相当早的。

而且他的表情是有史以来最僵硬的一次。

"绫小路，你为……为什么在这里啊？"

"不好意思，佐仓说她没有勇气和你单独见面，所以拜托我站在旁边，你可以忽视掉我的存在。"

估计就算我这么说了，他心里还是会不舒服的，可也只能这样了。

山内有一瞬间很是惊讶，但还是拼命将注意力集中到了眼前的佐仓。

"久……久等了，你读了那封信了啊。"

"嗯……那个……我想问你一个问题……"

"随便问……"

佐仓紧紧抓住裙角，声音像是从喉咙里挤出来的一样。

"为……为什么选择了我……呢？比我好看的人多的是……"

"我觉得有你就够了！"

山内近乎咆哮的声音让佐仓两肩一抖，吓了一跳。

"抱……抱歉，我没想要发出这么大声音……所以，你的答案是？"

笨拙的告白加上笨拙的回复。

旁观者清。

而当事人早就紧张到连心脏都要跳出来，没办法好好思考该怎么说怎么做。

无论如何都选不出最佳答案。

"对……对不起！"

站在山内面前的佐仓眼眶微红，说完后便深深低下了头。

那一瞬间，山内心中闪烁的最后的希望之光也幻灭了。

"我……我没有办法接受你的感情……"

佐仓为了说出这句话，鼓起了多大的勇气呢。我以近到不能再近的距离初次目击了一种"恋爱"的形态，山内应该也不希望自己在被拒绝的时候有第三个人在场。

虽然是无可奈何的，也定让他心中五味杂陈。

"这样啊……"

山内明白了佐仓的意思，拼命让自己接受这一切。

和佐仓一样，他的声音也是轻微抖动着的，但我笑不出来。

"谢谢你，佐仓，能特意……亲口告诉我。"

"再……再见！"

无法再忍受这沉重的空气，佐仓对着山内深深低下头，然后小跑着离开了。

"啊……"

山内无力伸出的手腕终究没能留住佐仓。

这是我第一次见到的恋爱结局，但我什么也做不了，只能沉默伫立在一旁。

山内懊恼了一会儿，终于抬起头来看我。

我以为他会对我这个妨碍他表白的讨厌鬼破口大骂。

或者是拿我出气。

总之会对我很不满。

可……

"啊，真丢人，在朋友的面前被女生拒绝，真想挖个洞躲起来。"

他没有指责我。

他的脸上有着被拒绝后的挫败颓废，但不仅如此。

"不是，怎么感觉自己，好像……轻松了许多。"

他看上去莫名有一种心情舒畅的感觉，直直地盯着站在旁边的我。

"我真是个傻瓜，平白无故给佐仓添了麻烦，我终于意识到了，她并不喜欢我，可为了不伤害到我还在竭力组织语言，感觉自己好罪恶啊，喜欢一个人是自由的，可是把这种感情表达出来就意味着责任的诞生。"

我不经意间瞟到了山内的肩膀，衣服已经湿了。

也就是说，他在约定时间还没到来的时候就一直等在外面。

或许在近处不停地思考着表白的事情，紧张得不得了。

"你没有我想的那么失落呢。"

"我是受到打击了，但好像程度也没有那么深，我觉得佐仓长相可爱，于是就想让她当我女朋友，可好像又不是那么回事。我的行动可能只是因为看到了她的脸和身材，并没有从心底里真正喜欢上她，如果是真心喜欢的女孩子的话，被拒绝的时候或许我会更受打击，伤心欲绝，痛苦万分。"

我什么也没说，将他想说的话照单全收。

"所以……我以后不能再这么莽撞了，要先从找到自己真心喜欢的女生开始。"

看来山内经此事成长了不少。

"谢谢你，绫小路，把你卷进这件事里来，对不住了。"

"没事的，我们是……朋友嘛。"

"昨天借手机的那件事，就不用给我点数了。"

"真的可以吗？本来就是以支付点数为条件才借给我的不是吗？"

"这次就不用了，但你得快点还给我。"

山内说完，向着佐仓离去的方向快步离开了。

等我回过神来，阳光已经顺着雨云的间隙悄悄落了下来。

与其他班的交流会

"今天也好热……"

这个夏天我已经说过无数次这句话了。

可热就是热，虽然抱怨只会让暑气更甚，但我还是忍不住要说，因为光是在心里发牢骚的话没办法完全释放心中积存的压力。

只有知了才会喜欢这种酷暑吧。

先不说这个，这次我被卷进了一起非常稀奇的事件中，说是事件，就是那种要是被别人知道了的话，大部分的男生都会非常反感的事情。

这件事情很棘手……

算了，还是一步一步慢慢说吧。

我现在所在的位置是连接宿舍和学校林荫路旁的休息处，离宿舍有一定的距离，有几处长椅和自动贩卖机，风景也不错，早春的时候这里的学生络绎不绝，是供休息和谈天的绝佳人气景点，可现在空无一人。天气这么热还来这里，那才叫不正常，所以这里最适合作为秘密会面的据点。

"久等了。"

我坐在长椅上，而我在等待的人从宿舍方向走了过来。

可能是因为阳光过于刺眼，她一边拿手遮挡阳光一边抬头仰望天空。

"热死了……"

和我说出了相同感想的 D 班学生，轻井泽惠，摇晃着高马尾，坐在了我的旁边。她的服装很是日常，简约的牛仔裤配衬衫，但是完全没有给人一种因为是休息日就不注意外形的感觉，一切应该都是经过本人认真搭配的，非常适合她。

不管有多热，女生都会将时尚放在首位，真是辛苦。

"抱歉，在你忙的时候突然把你叫出来。"

"你是在讽刺我吗？暑假刚开始的时候我玩得太过了，点数没有什么结余，最近都待在房间里。"

"明天有事吗？"

"没有点数就什么也干不成，估计就是躺在家里睡觉。"

她的暑假可真是堕落。

"因为那次考试的结果，下个月就会有大量点数汇入了。"

船上考核时被选为优待者的轻井泽与我的合作，成功将自己的身份隐藏到底，到了九月将会收到五十万点的成功奖励。

"是啊，所以我正在挑选想要的衣服和首饰，不过，真能把点数都用了吗？还是留下一部分比较好吧？"

"你能忍住不用吗?"

我不怀好意地问她,结果人家立刻就绷起小脸瞪了过来。

"这个……也不简单,但真要花的话,用不了一个星期就能全花掉。"

轻井泽展开双手,掰着指头,滔滔不绝地说着自己想要的东西,很快就把两只手都掰完了,她到底有多少想要的东西啊。

"不过我也没有那么没心没肺,我知道个人点数是很重要的,可它作为学校的一个制度,是不是挺奇怪的啊,通过特别考核得到的点数数额格外大,我身边的好多人也觉得奇怪。"

原来如此,看来普通学生终于也产生了这种疑问。突然拿到大量点数时,会疑惑为什么学校会这么做,然后就会明白,点数的用处恐怕不只是为了满足个人私欲。

"是啊,以后有些学生手里可能会有一两百万的点数。"

"就是嘛,让高中生手里拿这么多钱真的好吗?这件事绝对不简单。"

为了在接下来的学校生活中生存下去,点数是很重要的,轻井泽也正是因为明白了这一点才犹豫能不能把点数全花完。举个例子,就算是犯了错,使自己沦落到退学的地步，有了个人点数便有可能使得退学惩罚无效。

这么想来，为保险起见，持有几百万的点数恐怕都不算多。

"现在还不用想太多，过于考虑未来的事情而抑制自己的需求也不是什么好事，留下每月点数的一两成就够了。"

如果不将欲望和节制维持在一个平衡点，人是很容易崩溃的，特别是轻井泽，一直以来都挥霍惯了，不好让她一下子就抑制住自己的全部欲望，这是我的判断。

而且也不知道若是她的私生活突然发生巨变的话，会给周围带来怎样的影响。

看到平日里花钱如流水的女生突然变成了勤俭节约的人，班里可能会出现怀疑的声音。而我现在非常不希望别人知道我和轻井泽之间有联系。

"对了，我有件事要拜托你。"

"……这么热的天把我叫出来，你就没有什么表示？"

"这个可以吗？"

我把买了还没喝的茶拿了出来。

她看样子不怎么满意，但还是勉强接受了。

"都有点温了……"

"这个天气没办法。"

看天气预报，今天有的地方温度达到了四十摄氏度以上，光是听这个数就觉得热。

可能是渴了，轻井泽心不甘情不愿地想要拧开瓶盖。

"呃……我怎么这么不走运。"

"不走运？喝茶又中不了奖。"

"你的笑话一点也不好笑，是瓶盖太紧了。"

原来如此……这个误会确实不怎么有意思。

我伸手拿了回来，打开盖子后又递了回去。

"谢了。"

经历过船上的事情，我和轻井泽的距离拉近了，能够进行这种对话是以前无法想象的。不过就算是这样，估计她还是对我有着强烈的不满和不信任感，只是没有将其完全展现出来。

这家伙熟知该怎么控制自己，为了守护自己和自己的立场，不管什么样的环境她都能适应。

"明天就是暑假的最后一天了，我一个朋友提议想要留下夏天的回忆。"

"夏天的回忆？这所学校既没有花火大会也没有夏日祭。"

"学校里不是有一个大泳池嘛，平常只供游泳部使用，只有现在对所有人开放，你知道吗？"

那个大泳池比上课用的泳池更大，设施也更完善，并在暑假的最后三天面向所有学生开放。因为开放第一天的时候大量的学生成群结队前往那里，所以赶忙出了个新规定，这三天里每个人只能入场一次，第二天，也就是今天的活动刚刚也已经结束了，今天那里好像依旧是人声鼎沸的样子。

"啊……有这么回事吗？我对游泳没什么兴趣。"

轻井泽一直以身体不适为由坚决不上学校的游泳课。我们学校因为有点数制度，所以不太好翘课，可也没办法将学生个人身体不适，特别是女生特有的问题等不确定因素追查到底。因此不光是轻井泽，女生中有一部分人是一直拒绝参加游泳课的。不想游泳的理由自然是五花八门：身体不舒服的、不想让别人知道自己不会游泳的、本身讨厌游泳的、不想让同性异性看到自己裸露肌肤的，还有觉得自己身材不好的，大概就是这些理由，但是轻井泽的情况又有些不同。

可能是泳池的话题让她想起了一些事情，轻井泽喝着茶，看向了远处。

她过去因为遭受了同年级学生的严重校园暴力，侧腹部受了重伤，令人痛心的是伤痕现在还留在那里，被人看到的话难免会引发关注。

"你本身喜欢游泳吗？"

"这个……不讨厌吧，已经有好多年都没有游过了，可能都忘了怎么游了。"

她模棱两可地回答。我明白这不是她的真心话。

"所以男生是想在泳池制造回忆?"

我无法否认。

"这和我有什么关系?"

"在回答你之前……我先问你一个问题,校方真的不知道你过去遭受过校园暴力的事情吗?"

"啊?"

轻井泽惊讶万分,这和她平时端庄的样子反差极大。她用锐利的目光盯向我,我也直直地回望着她。

"你知道我不喜欢谈论这个话题的吧?"

"我并不是在平白无故揭你的旧伤疤,我接下来要说的事情和这有关我才问的。"

"可是……"

对于轻井泽来说这应该是个大问题,没办法很快理解并接受,但在我尝试说服她之前,她好像是自己强行让自己接受了。

"……我知道了,我相信你说的,你问我肯定是有你的用意的。"

她尽全力解开了自己心中的那个疙瘩。

"学校是肯定不知道我受到过校园暴力的吧?虽然可能知道我初中的时候多次请假不去上学,但估计只是以为我是生病或者单纯翘课。啊,还有就是脑子不聪明这一点,所以我被分到了 D 班。"

她回答道,话语中还带着微微的自嘲。轻井泽被分配到 D 班的理由恐怕和她自己推理的一样，是受到了出勤率低下还有学习能力不足这两个容易给人留下坏印象的影响，而且她采取傲慢态度是在从虐待中脱身，进入高中以后才开始的，不会是因为遭受过虐待才被分到 D 班。

"学校应该是查了但没能查出来。"

"你也知道的吧，这个社会早就腐朽了。"

"是啊……"

"我遭受了长年的虐待，也向老师还有同学寻求过帮助，可这些只让我苦了自己……没有人救我于水火之中，情况反而愈演愈烈。"

这是校园暴力根深蒂固的问题，容易陷入恶性循环。

许多人看新闻就会深刻感受到这一点，校园暴力是没办法立刻就得到解决的，一浪平息了，下次又会有更汹涌的波涛来将受害者吞噬。

"就算事情再严重，学校都不会轻易承认发生了暴力行为，也不会向受害人伸出援手。顶多简单批评一下施暴者，导致施暴者下手更狠，不是吗？"

很遗憾，事实确实是这样的。甚至还会责怪向学校求助的学生：你为什么要告诉学校？你是什么用心？就算校方认识到了这是校园暴力，大部分都会在校内被秘密解决掉，而不会被其他人所知晓，以免影响自己学校的声誉。还有，即使是被欺负的学生写下遗书自杀了，学校也还要嘴硬，不承认事实真相。

　　但是最痛苦的就是有些人自杀了也得不到解脱，施暴者对去世者进行侮辱、嘲笑，甚至还有人把自己的暴力行为当作英勇事迹发表在社交网站上。在这个可怕的时代，连去世了的人都要继续遭受虐待。

　　"学校，还有欺负我的那些人，甚至连我自己都不承认虐待的事实，不管发生了多么惨无人道的事情，都回答说我和同学们关系很好，也只能这么回答。"

　　她就像在说别人的事情一样平静。对轻井泽来说，这既是她没有试图改变的过去，也是没能改变的过去。学校应该曾对她的事情进行过彻底调查，但得到的只有频繁请假而且脑子不聪明等评价。

　　不光是学校，周围的所有人都统一了口径，那也就再没有别的办法了。

　　如此想来，真实可能永远都无法战胜谎言。

　　"但是我心存感激，无论是对那些欺负我的人还是隐瞒真相的学校。"

　　想起那悲惨的过去，就算是流泪也不为过，可是轻井泽却一脸平静地说着，望向前方。

　　"这里的所有人都不知道我的过去，我可以成为一个全新的自己，如果我被欺负的事情被周围的人知道了的话，我肯定不会是现在这个样子。"

　　她利用自己的智慧，顺利和平田这个班级中心人物搞好关系，成功改写了自己残酷的命运。

"轻井泽我确实很欣赏你，但有句话说在前头，你以后不能再参与欺负他人的行动。"

"啊？我欺负了谁吗？"

"你平时强势点没关系，可最近尤其针对佐仓。她明显不是那种会欺负你的人，不要为了不受到伤害而成为加害者。"

我坚定地说道。

不管她有着怎样的过去，有些事可以做，但有些事是不能做的。

"佐仓同学啊，因为她仰慕你，所以你想要帮她？"

"还需要理由吗？你应该最懂被欺负者的感受吧。"

"对我来说，我现在的地位就是我最珍贵的东西，不希望因为疏忽而失去它。我那么做对佐仓同学可能不好，但就是因为有弱者的存在，强者才能得以成立，特别是像我这种冒牌强者。"

人善就该被人欺，能看出来轻井泽稍微带有一点这种想法。

"佐仓不行，她帮过我好多忙。"

"……哼，你承认得挺快。"

她的眼中没有不满，只有疑惑。

"虽然不知道这有什么重要的……我知道了，下次会注意的，这样行不？"

"谢谢，你已经利用平田充分确立了自己现在的强者地位，应该不会再有什么事能威胁到你了吧。"

"我可能确实做得有些过分。"

她能对自己有如此客观深刻的认识，我也就没什么好担心的了。

"可是，如果出现了危机……"

"我会进行全面的支援，有必要的话甚至可以让平田和茶柱老师都来帮你除掉敌人，我可以保证。"

"……好，说定了。"

轻井泽本质上并不是一个会采取暴力威胁手段的人，她自己也说了，只是为了保护自己才去扮演这样一个角色。一般来说，经受过长年虐待的人是无法一下子就变得活泼开朗爱交朋友的，但是拥有强大心脏的她却不一样。在她之前面对我的威胁毫不屈服的时候我就确信了这一点。

"这是为什么啊……"

"什么为什么？"

"不是，我不愿意回忆起过去的事情，以为自己是绝对不会把这些事讲给别人听的，可我却告诉了你，而且还是很平静地讲了出来，这太不可思议了。"

她自己也不知道这是为什么，我当然也不明白。

"我也能问你一个问题吗？现在的你才是本来的你吧？"

作为班里唯一一个知道我不为人知的另一面的人，轻井泽试探性地问道。但因为这个问题有点出乎我的意料，我架起胳膊一时不知道怎么回答才好。

"我一直都是这个样子的。"

"完全不一样好不好。"

"那我问一下，平常的我和现在的我具体有哪儿不一样呢？"

"平常的你阴郁，不爱讲话，而现在的你积极主动，干脆利落，完全不一样，所以很明显，而且说话方式也不一样。你这到底是为什么？"

"没有为什么……区别就单纯在于看身边有没有其他人不是吗？"

这是最接近的理由了，但还不是很准确。

我这个个体，我这个人，说实话，就是"刚刚诞生"的，是在进入这所学校的瞬间形成的，还是液体状态，固化还需要时间。

特别是和人的接触方式，说话方式，等等，我不知道哪种才是正确的。

"总之我觉得我自己一直都是这样的。"

"就是因为不一样我才问你的。"

轻井泽眯着眼睛，噘起嘴唇，看样子不是很满意我的回答。

"现在还是先说正事吧，我这个人你以后再做判断。"

"有种被你糊弄过去的感觉……算了，你继续说泳池的事情。"

"明天我、池、山内、须藤四人，还有堀北、佐仓、栉田约了一起出去玩。"

"这真是个奇怪的组合，特别是堀北和佐仓同学，是因为有你在才答应去的吧，她们八成会被男生盯着看，好可怜。"

因为她知道男生正常邀请女生去泳池，人家是绝对不会去的。我很明白轻井泽为什么会觉得不对劲。

"总之，我希望你能去泳池和我们会合。"

"什么？你开什么玩笑！"

她平时就和这些人没什么接触……或者说，关系不怎么好，参加的话会有些奇怪。

"你可以去的时候就把泳衣穿在衣服里面，回去的时候也这么做，应该就没什么问题，就是你可能不太愿意。"

"不不不，我不是不愿意，是超级不愿意。"

"我理解你的心情，但你是没有拒绝权的。"

"唔……可恶。"

"这件事已经定了，你只需要按照我的指示行动即可。"

我把手写的纸条直接递给她。

"最低程度的准备我还是帮你做了的。"

"什么啊，一天都被占满了，还是暑假最后一天。"

"反正你本来的打算就是在寝室睡一天，不是吗？没什么问题。"

这是她自己说的，她没办法反驳。

"我只是希望你能和我们会合，没说要你参加。"

她带着疑惑仔细阅读我给她的纸条。

"会合和参加有什么不同？"

"不同之处在于……"

我向轻井泽详细解释了我把她招进这件事里来的原因。

听完后，她抱住了头，好像是有些头痛。

"怎么，头疼了？"

"确实头疼，那些家伙……算了，没事，知道了也没什么意义。"

她想说这只会浪费自己的记忆内存。

"你拜托堀北同学不就行了？你们关系不是挺好的嘛。"

"不行，她不知道我在暗中进行着这样的行动。"

"欸？为什么啊？"

这是个很正常的疑问，但要解释起来还是有点困难，我知道这个时候的正确做法应该是随便找个理由糊弄过去，但我决定再拉近一下自己和轻井泽之间的距离。

"我在船上和你接触的事情，还有这次的事情，都是我自己的决定，不和她说是因为我还没有完全相信她。"

我的话都是真的。

"你们平时在一起待那么久，你还不信任她，这太奇怪了。"

"那是因为她很适合当我的伪装伞，能够替我挡掉大部分关注。"

"意思是你单纯在利用她？"

"你这个表达不太准确，但在这里，这个说法或许是对的。"

"嗯？我不太明白……你说话不要拐弯抹角的好不好。"

她向我抗议，露出了她的白色牙齿。

"……不过，你的计划进行得还是挺顺利的，我一直以来也都以为这一切都是堀北同学想出来并实行的，你到底是何方神圣？"

在轻井泽的心中，我已经成了一个不可思议的人。

"算了，你信我要胜过信堀北同学，这也不是什么坏事。"

没错，她说得对，就是为了让她得出这样的结论，我才告诉轻井泽，说堀北不知道这些事。

"我只要按你说的做就行了吧。"

"对，你决定了的话，现在能不能陪我去做一件事，这次的行动要提前做好准备才行。"

"反正我也没有拒绝的权力，走吧。"

轻井泽站起来拍掉屁股上的灰尘，打算早去早回。

我也同样不想浪费宝贵时间，和轻井泽一起朝着泳池方向走去。

1

时间追溯到我和轻井泽会面的前一天晚上。

我正在自己的房间里充分享受着所剩无几的暑假，作为三傻代表的池又像往常一样在群里发了一条信息。

就让暑假这么结束了真的好吗？一点都不青春。

他的突然发言看似深奥，但又好像什么都没有在考虑。

在还没有人对此进行回复的时候，池又接着说了一句。

都没有什么青春的活动，就让一年中珍贵的暑假这么平淡地过去了真的好吗？

他把刚刚的话又重复了一遍，只稍稍改变了一下说法。

不，不好。

山内终于做出了回应，对池进行附和。

对于这个刚刚经历了失恋挫折的男生来说，新的青春是必不可少的。

我也是，我也想要青春。

须藤也做出了回应，就算有繁忙的社团活动，他还是想谈恋爱的。

那我们就应该行动起来，青春是等不来的，现在正是我们应该成为肉食系男子的时候！

追逐青春就算了，该怎么得到它呢？

你有什么好方法吗？

池就像是一直在等待别人问这个问题一样，直接发了一条长文出来。

我当然有了！目前泳池正在限时开放中不是吗？我想在暑假最后一天，也就是后天，邀请几个不错的女生一起去游泳！我的桔梗，春树的佐仓，再把健的堀北也叫上！

池揭开大家不愿意回忆起的旧伤疤，一个接一个地说出班里女生的名字。

要是铃音去的话我倒是挺想去的，但是你觉得她会愿意去？

我们不是有绫小路老师嘛，他会帮我们的！对吧？

我没办法直接拒绝他们。

你会想办法的吧？你是我的朋友对吧？

这是来自须藤的一句变相威胁，只有这个时候他才会用到朋友这个词。

我可以试试，但不一定能成功。

我回答了这么一句后，暂时中断聊天，试着给堀北打电话，而我直接就这么答应了须藤请求的一部分原因在于我也想邀请堀北。

现在堀北在班里的评价开始上升，她融入班级的效果也值得期待。

"你找我什么事？"

"没事就不能给你打电话吗？"

"不说我就挂了啊。"

"等等，等等，我有事，我和朋友们约好后天一起去泳池玩，所以想着把每天窝在房间里看书的你也叫上。"

"你说的朋友就是那三傻吧？我可不想和他们一起行动。"堀北说道。

好熟悉的名字……

"所以我拒绝。"

"要是只有我们两个人的话你就会来吗？"

"我也不去。"

也是。

但这次我有绝招。

"水瓶。"

我能感觉到电话那头堀北的态度还有我们两个人之间的氛围在她听到这个词时发生了明显变化。

"这个词应该能勾起你很多回忆吧。"

"……你什么意思？"

明明老老实实听我的话就行，堀北却还要做无谓的抵抗。

"手腕卡在了水瓶里之类的事情，嗯？"

"你的这种行为就和你的性格一样令人讨厌。"

听懂我话外音的堀北好像很是不满。

"要是你能听话就好了。"

"后天什么时候，我该怎么做？"

堀北也有想要隐藏的秘密，上次的水瓶事件她应该绝不想让别人知道，所以我猜想只要拿那件事当把柄，她就算不想去参加泳池活动也会去。

"计划早上八点半在大厅集合，傍晚的时候解散。"

"我知道了，但是下次你绝对不可以再拿同样的事情来要挟我。"

"嗯。"

我也没打算一而再再而三地拿这个来说事，这回与其说是她妥协我的威胁，更像是我在要求她还我在水瓶事件中帮了她忙的人情，堀北自然也明白这一点。

约到堀北了。

绫小路你太棒了！要是堀北使出一招德式翻摔①，把你放倒在混凝土上，你就完了。

---

① 原文为 German Suplex，一种职业摔跤招式。

……说得就好像我刚刚做的事情是有生命危险一样。

帮我邀请一下佐仓吧！拜托了，绫小路！

明明几天前刚被佐仓拒绝了的山内在群里发了这样一条消息。

接着我又收到了山内单独给我发来的信息。

不要说我被拒绝了的事情！帮个忙！

内容可悲。看来山内表面上还想保持喜欢佐仓的状态。

如果佐仓参加的话，男生们必然会沸腾的，但她应该不会轻易答应。佐仓虽然认真，但是和轻井泽等人一样经常不上游泳课。

再说了，和刚对自己告了白、自己又拒绝了的人待在一起应该也挺难受的。

不过不管她愿不愿意参加，我还是先问一下她吧。

2

约定的日子很快到来，夏日最后的盛典就要开始了。

我在约定时间的八点半到达一楼大厅，成员们差不多都聚齐了。

"你迟到了。"

"离约定时间还有……十秒左右吧。"

"要是用电梯的人多的话你就迟到了。"

我明明没有迟到，但堀北还是要来挑我的刺，这应该是对我强行把她约来的反击，除此之外，她多半是不喜欢这里的氛围。我知道她也不想这样，但是梿田、佐仓、池，还有山内，没有一个人能和她说话，想发脾气也情有可原。

"早……早上好，绫小路同学。"

"早上好，佐仓。"

佐仓抬起头来怯怯生生地向我打招呼。山内想努力不把佐仓放在心上，却还是在不知不觉中关注着她，而佐仓好像也有些不安。

我给大家提个醒，表白或是被表白并不只是一件值得开心的事情，之后还会有无法摆脱的麻烦。

"须藤呢？"

"是不是还在睡懒觉啊。"

已经过了约定的时间，但须藤还是没有来。他直到昨天还在拼命进行社团训练，应该是挺累的。因为没有人主动去联系他，只能我来。

"不行，电话打不通。"

我试着给须藤打了通电话，可是一直在响铃，就是没人接，我挂断电话，把这一消息告诉众人。

"须藤这个家伙在干什么啊，都已经八点三十了！他再不来我们就不能第一个到那里了！"

焦躁不安的池一边不停地抖腿，一边盯着电梯，可是须藤没有要出现的样子。

"那……那我去叫他起来。"

受不了和佐仓之间的尴尬，山内说着就进了电梯。我感觉沉重的空气在那个瞬间舒缓了不少。

"他受什么刺激了吗？"

堀北好像也察觉到了山内的变化，小声问我。我摸摸后脑勺，做出一副不知该如何作答的表情。

"挺复杂的。"

我最终还是没有说出来，山内和佐仓两个人应该都不希望事情被更多的人知道。

"咦？这不是堀北同学嘛，早上好！"

在我们等待须藤到来的过程中，一之濑和她的两个女生朋友来到了大厅，手里还拿着不常见的彩色塑料包，隐隐约约能看到里面装着的浴巾。

"难道你们也要去泳池？"

"是的。"

泳池游戏是暑假的压轴项目，大家的目的相撞也并不奇怪。

"机会难得，我们一起玩吧，怎么样？"

"当然欢迎啦！"

池从沙发上跳了起来，对一之濑的提议表示强烈的欢迎，堀北这次可能是不打算插话，什么都没说。

"不过，不好意思啊，我们有一个人睡了懒觉，现在要等他下来，但已经有人去叫他了。"

"好的!"

3

须藤像鳄鱼一样张开大口打哈欠,伸出手挠着自己睡乱了的头发。

"不好意思,我睡过头了,社团训练太累了。"

"不用和我解释。"

须藤站在堀北旁边为自己的赖床道歉,但好像并未得到他想要的回复,这两人之间还是存在着一定的距离。另一方面,临时加入进来的一之濑等人正和栉田聊得很开心。

"喂,绫小路同学。"

堀北无视须藤向我搭话。须藤自讨没趣,也瞪向了我。

"你不觉得有点奇怪吗?"

"什么?"

"我所知的池和山内同学在这个时候应该比谁都要活跃吧?"

这尖锐的指摘让须藤瞬间僵硬了起来,因为他就站在中间,他的变化没能逃过堀北的眼睛。

"你是想到什么了吗,须藤同学?"

"没有啊……"

须藤想糊弄过去,但这不仅没让堀北消除心中的疑惑，反而更加戒备了。池和山内两人肩并着肩，表情很是僵硬。

"我觉得他们有什么可疑的企图……"

然后……堀北的注意力转移到了池的包上。

"除了毛巾和泳衣之外不需要再带什么了吧，怎么看上去很沉呢。"

池的背包看上去比包括我在内的其他男生的包都要有分量。

"是吗？我怎么看不出来……"

"看不出来？你看那个包的状态。"

堀北指出背包摇摆的幅度和胳膊肘的伸展程度。

"是不是为了在泳池玩完以后把自己身上弄干，装了什么干燥工具进去？"

我给须藤提供了支援，他立刻就接住了。

"对，嗯，我也这么觉得。"

"这样啊……确实有这个可能。"

在日常的观察中，她掌握了三傻只要一和女生待在一起就兴奋无比的特点。

所以现在格外老实的状态让她觉得不对劲。

他们不对劲是有原因的，现在这三个人无比紧张。

并不是因为现在被美少女们围绕着，也不是因为一会儿能看到她们的泳装身姿。

现在还是换个话题，把这件事糊弄过去吧。

"须藤。"

"怎……怎么了？"

"社团活动取得的成果让你得到点数了吗？"

"啊？嗯，因为在比赛里的贡献，得到了一些点数，三千点左右。"

他十分谦虚，认为这并不值得夸耀，堀北听到后觉得很佩服。

"你靠个人的努力得到了点数呢。"

"……噢，不过二年级和三年级的前辈里有些人得到了数万点，我这没什么大不了的。成绩高的话还能影响到班级点数，所以我从第二学期开始要更加努力。"

他做出加油的手势。

对于堀北来说，须藤正在实现她自己完成不了的事情，她对须藤表达了自己最真诚的敬意。

"可能离你能为班级做出大贡献的日子也不远了。"

其实我也有这样的预感，不出意外的话，须藤会成为班级的强力剂。

尽管如此，并不是说就没有需要担心的地方，须藤容易树敌，堀北也有同样的倾向，有必要注意这一点。

我们来到了设在学校旁边的游泳部专用特别游泳设施。

进入这里并不要求穿着制服，因为是活动最后一天，这里的盛况令人叹为观止，在泳池开放时间之前就已经有大量的学生在等着了。不愧是现代化的新建筑，连更衣室也按年级分开，虽然平常不能进入，但按照细致的指示板便可顺利进入其中。

"那大家二十分钟后在这里集合吧。"

一之濑指着通向泳池的走廊说道。有这么个带头人是非常省事的。

"哈……哈。"

在女生们消失的同时，池粗声笑了出来，样子十分兴奋，快步赶往更衣室。

我明白他兴致高昂的原因，但是不能高兴得太早。

我们需要率先到达更衣室。我拍了拍池的背，催促他快点进去。

一进到里面，池和山内一溜烟跑到最里面的储物柜前面，占好了位置。

"呐，今天会成为我们特别的一天，你们没有这种预感吗？"

"没错，我们会在班里领先，甚至在学校里领先。"

池和山内说话的声音已经超越了耳语的程度，容易引起别人的注意。

须藤忍不住了，赶忙用左右手锁住两人的脖子。

"欸！你干吗啊健！"

"你们太吵了，我知道你们激动，但要是引起别人的注意就糟了。"

"……对，抱歉抱歉，啊,疼！"

刚训斥完，须藤双手一合，使两人脑袋相撞，这个方法虽然有点疼，但是效果不错。

"没想到须藤你这么冷静。"

"我本来就没有那么期待，兴奋感和别的心情一半一半吧。冷静想来，这对铃音不是一件好事，要在毫无防备的状态下被你们看光，这种感觉太讨厌了。"

说这番话的须藤气魄十足，要是另外两个人也能学学就好了。

我看了一眼手机，轻井泽发来消息说她已经进入更衣室了。

"谁啊？"

额头变红了的池带着怀疑的眼神凑上来看我的手机，我立刻将手机扣过来。

"看样子是女生？"

"我看起来有那么受欢迎吗？"

"……也是，好，我们换衣服吧！快把毛巾展开！"

在这个问题上我本来是希望能够得到一点肯定的……算了，还是不要想这件事了。

幸运最终会不会降临呢？这对池他们来说也是一场赌注。

4

"这里完全就是娱乐设施……"

平常用于社团活动，而且是正规训练的大型游泳设施今天完全大变样。因为有很多学生光顾，这里还设置了各种各样的摊位，有很多招牌轻食，也就是快餐，有热狗、炒面、大阪烧，等等。

摊位的存在就已经够让人惊讶了，没想到运营那些摊位的人竟然是学长学姐模样的学生，从不苟言笑、拼命干活的学生到乐在其中的学生，千差万别，我们就像在见证一场特别考核一样。

"是怎么安排的呢?"

这一点无从得知，但我可以确认的是整体感受偏向节日氛围。我呆呆地等待着女生们的到来，突然意识到周围的气氛发生了改变。

要获得别人的肯定基本上都是少不了个人努力的。

简单来说就是学习，在考试中成为第一名便会得到周围人的关注，在运动方面有着突出表现的话也是如此。

但也有例外，其中之一就是出众的容貌。不管是帅哥还是美女，这种人比前面列举出来的那两种人更容易受到关注。当然了，并不是说人只需要注重外表，而不用去做其他努力，可是我们无法否认它确实是一个特别的要素。

我虽然不了解其他学校的情况，但我可以确定的是这所学校的整体颜值水平不低。和我一起行动的小组成员们就不用说了，周围素不相识的学生中拥有高颜值的人也不在少数。

其中自然有好的也有坏的，但一般来说好的比例不会这么高，池他们每天兴奋不已，热血沸腾也正常。

如果不仅拥有着姣好的容貌，连内在都完美的话会怎么样呢？可爱、待人接物能力超群、身材和学业上都无可指摘，这样的女生注定一出场就会夺走所有人的视线。

站在嘈杂走廊上的男生们几乎同时看向了一个地方。

"呀，这里人可真多啊。"

一之濑没有注意到那些视线，她在众人注目下来到了集合地点。

"这儿……"

我不知道该看哪里，便向着墙壁的方向举手轻声回应她。

"其他男生呢？我还以为男生要比我们快呢。"

"还在换衣服。"

也可以说是他们在忙一些事情，要晚来一会儿。

"你换衣服真快。"

她几乎没比我晚多长时间，算是相当快的了。

"哈哈哈，我对自己换衣服的速度很自信。"

她带着一种骄傲的语气形容一件不至于让人自豪的事情，这种天真无邪可能也是一之濑有人气的秘诀之一。

"哦？绫小路同学你买冲浪服啦。"

"你估计会觉得我一个男生穿这个有点奇怪吧，我不太喜欢在别人的面前裸露自己的皮肤，听说非上课时间可以穿这个，就下狠心买了。"

"这样啊，挺好的，反正没有违反规定。"

虽然不多，但这里还是有像我一样穿着冲浪服的男生的。

一之濑的注意力突然放在了我的身上，她用食指隔着上衣戳了戳我的腹部。

"相当结实，还没有多余的肌肉，属于理想的纤长体型呢。"

她毫不顾虑地触碰着我的身体，从双臂到肩膀，重复着之前的动作。幸好我得到了买这件上衣的临时收入，感谢葛城。

"你平时有在运动吗？"

"没有，可能是上衣的材质或者就是我的肉比较硬吧，因为平日里运动不足。"

"嗯……"

　　一之濑的视线落在了我的脚边，但立刻就停止了问问题。

　　话说如此近距离和一之濑接触，我有些紧张。

　　"……他们好慢啊，我去看看情况。"

　　尽管我知道那群男生在干什么，也知道他们为什么迟迟还不来，但已经无法忍受再和泳装的一之濑继续独处下去的我转身回到了更衣室。

　　和池他们待了一阵，收拾准备妥当后一起回到走廊。可能是因为确实耽搁了好一阵，包括堀北在内的所有女生都聚齐了。

　　"哇哦！"

　　池已经拼命压住了自己声音，可在看到眼前由女生们组成的美景时还是不由得惊呼一声。

　　"那我们走吧，后面好像还有空位。"

　　首先要占据用来休息的据点，一之濑带头往前走，枊田也赶紧跟上。须藤始终站在堀北的旁边，不愿意离开，他在这件事上还真是一心一意，没想到这两个人看上去还是很般配的。

　　而我就固定待在佐仓的旁边。

　　"那个……谢谢……"

　　等到只有我们两个人的时候，佐仓小声向我道谢。

　　我一时没搞懂状况。

　　"为什么要谢我？"

"为什么?"

佐仓对我的问题感到有些不可思议,不禁反问了回来。

接着她就意识到了我想不出理由。

"因为你今天邀请了我……"

"这么一回事啊,很正常啦,我们是朋友嘛。"

面对佐仓我很自然地说出了朋友这个词。

佐仓听到后,像小狗一样闪烁着亮汪汪的眼睛高兴地抬头看我。

"所以你不用道谢。"

我又重新说了一遍,但佐仓好像并不这么觉得。

"我还是要谢谢你。"

"那好吧……"

我的头顶上应该是出现了一个巨大的问号,不过还是不要纠结这个了,可能她就是这样子的,所以我和她待在一起的时候才能够静下心来。

不管怎么样,佐仓是真的变得开朗了,她正在成长过程中,和初次见面的时候完全不同。现在的她即便被同年级学生告白,也没有逃开,而是进行了妥善的应对。看着她每日的成长,不由得让人觉得自己的人生也能再次发生改变。

"我最近意识到了一点,之前上体育课的时候老师所说的游泳早晚会派上用场那句话正好用在了无人岛考核里呢。"

她将自己的发现告诉我，目光炯炯有神，我没必要打击她。

"原来如此，听你这么一说，好像确实是这样。"

"果然！"

为自己的发现而高兴的佐仓天真地小小跳跃了一下。但是佐仓的脸上很快就出现了歉意。

"要是我能不害羞，好好去上课的话，就能为班级做出贡献了吧……我一直都拿身体不舒服当借口逃避游泳课……"

"你能意识到这一点就已经很优秀了不是吗？"

以个人为中心活到现在的学生们开始慢慢意识到其中的弊害，人是没有办法独自活下去的，只要不是隐居山林的神仙，要想活下去就必须融入集体生活。大部分的高中生都还未意识到这一点，争做整日沉迷于网络和游戏中的孤独者，或是给好多人带来麻烦、从小错到大错的不良少年。他们意识不到自己是如何受到周围人帮助的，甚至还有人就这样度过自己的一生。

但是这所学校不同，方法虽然特殊，但有在教导学生个体的含义，而我旁边的佐仓就开始有了这种意识，思考自己能为班级做出什么贡献，而这终将成为班级的重要财富。

"咦，这不是一之濑嘛，你们今天也来啦。"

在我们寻找空位的时候，有三个男生看到了一之濑。我见过其中的一个人，对方在发现我之后轻轻点头示意，是 B 班的神崎。

"原来是柴田同学呀。"

被叫做柴田的男生举手和我们打招呼，我们也用微笑来回应他。

"你们这个组织看上去不错啊，我们能加入吗？"

"我当然没问题了……可以吗？"

栉田自然没有意见，她点头同意。于是池他们的否决权也就自然消失了，最终 B 班的三人加入我们，组成了一个十三人的大集体。

"抱歉，打扰了。"

神崎知道我不是那种习惯好多人聚在一起玩的人，他走上前对我说道。佐仓看到后往边上退了一步，在神崎还没有意识到的时候就完美地隐藏了自己的存在。

"这样也挺不错的，暑假最后一天了。"

"毕竟这所学校里少有能够和其他班级拉近距离的机会啊，柴田他们看上去也很高兴。"

"而你没有。"

神崎还是往常那种从容不迫的样子，但和人接触的时候还是会保持距离。

"你也一样，绫小路。待在这种吵闹的环境中会不得劲。"

　　我和神崎边聊一些有的没的边往前走，而这时，前方响起了欢呼声。

　　"那边好像很热闹的样子。"

　　须藤说道。我抬起头，看到那骚乱中心水花四起，与此同时，一人一球跃至空中，随着那人一记强劲的扣杀，球被击落到了对面场地的水中，原来是在进行泳池排球赛。

　　"哦哦！厉害！这难度也太高了吧！"

　　山内看到眼前的景象忍不住高呼。偌大的游泳设施内部共设有三个泳池，用途各异，适合各种各样的游戏。

　　其中一个是可以随心游泳的标准泳池，一个是流动泳池，最后一个泳池则是以运动娱乐为主的。这个泳池正进行着激烈的排球比赛并被大批的女生观众所围住。

　　都是我从来没有见过的学生，看上去要比我们成熟一些，恐怕其中一大半都是高年级的学生，现在正进行着男女混合的高难度比赛。

　　其中有一个男生独放异彩。

　　"那个家伙好厉害……"

　　须藤所说的正是那个厉害的学生。那修长的身形看上去没什么肉，实际上六块腹肌夺人眼球，但最引人注目的就是他剧烈运动时那流动的金发和无比协调的脸庞，让人产生一种在看电影里的美少年一样的错觉。

看来这里一大半的女生都被这位美少年吸引住了。

"切，我最讨厌这种人了，没什么才能，又不努力，光是因为脸好看就赢了。"

我理解池心中的愤慨，但他的说法很快就被推翻了。

美少年享受着众人瞩目。我们看着他的侧脸，而他那敏锐的目光瞬间上移。

他随着己方阵营里的抛球高高跃起，在那一瞬间，所有观众都忘记了欢呼，屏息关注着这激动人心的一幕。

炮弹，不对，是排球以锐角角度高速冲向了敌方阵营，试图将其接起的学生同样也拥有着出色的身体素质，反应敏捷，为将排球弹起而飞跃了过来。

"哇！"惊呼声一齐响起的同时，美少年阵营得分再次增加。这位美少年卓越的运动能力显而易见，看他发达的下半身，可能隶属田径部、棒球部或者足球部。

"长……长得帅还擅长运动……这人是谁？"

"气氛相当热烈啊，他一个人就掌控了全场。"

"是啊，就是不知道是谁。"

我和堀北对其他班级和年级的事情不太了解，这种事情就该问社交圈最大的栉田。果然，我们马上就得到了答案。

"那个人是二年A班的南云学长，在女生中非常有人气。"

"南云……"

我最近似乎听过这个名字。一之濑对南云的信息进行补充："他是现任的学生会副会长，据说会成为下届的学生会长，头脑也非常聪明。"

一之濑在听到南云的名字后说了这样一番话，而其中的"学生会"一词让站在我旁边的堀北肩膀一颤。

那个叫作南云的学生每次出手都会赢得尖叫声，泳池内同时还在举行着其他的比赛，可几乎所有的观众眼里都只有南云一个人。

"就算他在女生中有人气，我也是才知道他的。他运动神经确实发达，但知名度不算高，还是学生会长更厉害吧。"

她还真会说呢，绝口不提学生会长是她哥哥的事情，只是不动声色地赞美他。一之濑对此也没有异议，坦率地承认：

"是啊，学生会长太厉害了，我还听说他是这所学校有史以来最优秀的一位学生会长。对了，他和堀北同学好像是一个姓？"

"好像是的。"

堀北并不打算具体解释，附和了一句后就不再多言了。

"但是这个副会长的实力好像也不输给会长哦，去年学生会选举战的时候，就是这两人在争夺学生会长的位置，而南云副会长当时还是一年级。"

"你对学生会的事情懂得蛮多的嘛。"

"因为我进了学生会，所以必然知道这方面的事情。"

"你……"

堀北难掩惊色。

没想到突然就知道了这个消息。回想起来，第一次见到一之濑的时候，她就正在问 B 班班主任星之宫老师有关学生会的事情。

虽然我对跟在那位学生会长身边工作没什么兴趣，但从这所学校的组织结构来考虑，进入学生会是很有意义的吧。

"话说进入学生会的条件是什么？不会是任何人都能进的吧？"

"这所学校有点特殊，在没有社团所属的情况下，只要通过了在四月到六月末之间或者是十月举行的学生会面试即可进入学生会。我其实第一次的时候落选了，好在面试次数没有限制，学生会长一直都对我不满意，多亏了南云副会长帮我求情，我才得以进入学生会。后来问了南云副会长才知道，堀北会长对今年的一年级学生很是失望。按照惯例，每年都会从一年级学生中录取两到三人，但今年还只有我一个人，所以我想要早点为学生会做出贡献，给自己争口气，说不定十月的时候堀北会长就要退下来了。"

就像是堀北为了接近她哥哥而努力一样，一之濑也在拼命奋斗着。

"不过，我的目标是成为南云学长那样的人，学长和我的起点相似挺聊得来的。这所学校历代的学生会长全部都是从一开始就归属于 A 班的学生，但是南云学长和我一样起点在 B 班，而且已经确定会当选下届学生会长了，所以我要在他之后当上学生会长。"

看来在一之濑的心中，对南云的评价要高于堀北的哥哥。她说出了自己想要在未来成为学生会长的愿望，表明了自己的决心。

但估计她的这些话让堀北有点……不对，是非常不舒服吧，堀北反驳她：

"起点低也就表明了他的潜力不够吧。"

"喂喂……"

她怎么想是她的自由，但她这话不也是在骂自己吗？以 D 班为起点的我们……难道说这家伙……

"你不会现在还认为自己被分配到 D 班是个错误吧……"

"当然了。"

她毫不犹疑地回答，堂堂正正，理所当然。

"我明白堀北同学为什么会这么认为，班级分配并不只看能力，除了头脑的聪敏程度以外，还有作为一个人的成熟度和人际关系处理能力，评判是综合这所有能力基础之上进行的吧。"

"你是想说我的综合能力有问题吗？"

"啊，不是，对不起啊，让你产生了这样的想法。但是吧，你想一想，你是那种基本上只相信自己的人，也可以说是以自我为中心。进入社会以后，以自我为中心的人和踏踏实实遵从指示的人，哪种人更优秀是要视具体情况而定不是吗？"

社会上虽然少不了以自我为中心的优秀人才，但并不是绝对需要的，然而哪里都肯定会需要踏踏实实遵从指示的人，这些人同时也是被企业所渴求的人才。

"我不同意……"

堀北的态度虽然还没有变，但心境应该在逐渐发生着改变。

在一之濑和其他同学说话的时候，我靠近了堀北。

"对了，你没有申请进入学生会啊，你不是为了待在你哥哥的身边才选择了这所学校吗？"

"……这不是一回事，你应该也能猜到吧，我就算想进入学生会，参加了面试，我哥哥也绝对不会认可我的。"

这确实不难想象，连 B 班的一之濑在一开始的时候都没有得到许可，D 班的堀北就……他是不会把这个他想从学校里赶出去的妹妹纳入学生会的，这一点堀北自己最清楚。

我们又继续看了一会儿，最终南云所在的队伍取得了压倒性的胜利。上岸了的南云周围聚集了越来越多支持他的女生。

"那个家伙耳朵上还戴着耳钉呢！"

池只能找到这么一个可以吐槽的地方，他大喊道。

"现在是暑假，有什么不行的？"

可惜这唯一的吐槽点也被一之濑反驳了。

"不……不是，打了耳洞哦！是大问题吧！"

"那应该是耳夹吧，不用打耳洞，直接夹在耳朵上的那种，平常上学的时候他是没有的。"

"唔！"

南云好像没有一处缺陷。

"呐，我们要不要也试试泳池排球？我们这边加上柴田同学他们正好凑齐六个人，你们那边是七个人，可以轮流上场。"

毕竟好不容易来泳池玩一次，一之濑提议道。池立刻就同意了。

"好！好！我也想像南云学长那样得到女生们的热切关注！"

这多半不可能实现，但几乎所有人都对泳池排球的提议表示了赞同，机会来之不易，大家都想尽尽兴。

"那……那个，我不擅长运动……所以就在旁边观战。"

佐仓有些顾虑，看样子是真的不想参加，所以没人提出反对。这下子双方人数就变成了六比六了，可堀北对排球比赛本身不是很感冒。

"我也没什么兴趣。"

虽然她欠了我的人情，但也没办法强行要求她和我们一起玩。

"堀北同学你要当逃兵吗？"

一之濑笑着说道，话里还带了点挑衅的意味。

"不过是不参加这个游戏而已。"

"这确实是个游戏，但对战双方就像是代表了各自的班级，可以看出哪边更积极些，哪边拥有更优秀的团队合作能力，从某种意义上来说这个游戏类似班级之间的模拟战，还是说你不想和我们比？"

兼顾了战斗力分析的考核式游戏，这样一来就没有拒绝的理由了。

"……好，我参加。"

B班在不久的将来会成为敌人，想通过这个游戏来打探打探对方实力的堀北接受了来自一之濑的挑战。

"为了能让比赛嗨起来，输的一方全额负担对方的午饭，加一个这样的赌注也不错吧。"

"我接受这个条件。"

随后我们申请了场地，各自制定作战计划，等待有场地空出来。

比赛规则为三局两胜，一局十五分，轮流发球，得分的一方可以再次获得发球权。

"这虽然是个游戏，但比赛就是比赛，既然参加了就要取得胜利。"

"堀北同学你很认真嘛。"

"你们可能会以为赢了比赛也就充其量能得到一顿免费的午餐，但并不是这样的，请这么多人吃饭，可能要花掉一万点左右，也就是说我们可以在个人点数上和B班缩小这么多的差距，反过来要是输了的话，差距就会拉开，就像是一场特别考核一样。"

就算是进行均摊，每个人也需要花费两千点左右，并不算少。

"好嘞，我们绝对要赢，健，春树！"

每个人的动力都不一样，堀北巧妙地转变了思考方式。

"交给我吧，铃音！有我在你放心，我会把这些'脑金①'全部打败。"

"不对，'脑筋'应该指的是须藤你这种人吧？"

我吐槽搞了个大误会出来的须藤。

---

① 此处系须藤的误用，正确写法为脑筋，指的是想法很单纯的体育风格人物或者盲目冒失的热血汉。

"什么啊，'脑金'就是大脑的金牌，指的就是那些只有脑子好的人咯？"

须藤搞的是一个非常有"脑筋"风格的误会。

"可能是这样的……你把我刚刚说的忘了吧。"

现在没必要吐槽他，须藤看着 B 班成员们，一副成竹在胸的高兴模样，展现出了绝不会失败的自信。

"就让我看看你有多厉害，须藤同学。"

在学习相关的问题上只能拖后腿的须藤在这种时候或许会成为可以仗恃的伙伴。堀北对须藤有着期待，因为 D 班里运动神经最发达的就是他了。虽然还有个高圆寺，但还是不要把他算进去为好。

"须藤，你打过泳池排球吗？"

"没有，只在上课的时候打过几下排球。"

"那你还这么自信……"

"篮球和所有的运动都是相通的——这是我一个尊敬的前辈说过的话。"

他对自己的力量深信不疑。

这对堀北来说也是判断须藤是不是一个只会说说的男生的机会。

5

"好嘞，交给我！"

抬头看向缓慢下落的排球，须藤高高跳起，然后利用惊人的弹跳力和身体弹性击球，使其像一颗炮弹一样冲向对方阵地。

一之濑拼命想要接住，可无奈水中和陆地不同，人的行动会变迟缓，终究还是来不及。虽然这次没有了欢呼声，须藤球中的威力并不亚于刚刚见到的南云，可能还要更甚于他。

"耶！"

轻易拿下一分，须藤比出胜利手势。同伴堀北也对此十分钦佩，看着须藤的动作，感叹他就像鱼儿得到了水一样。

"刚刚的那一球很厉害，我们输了。"

一之濑拾起浮在水面上的排球，还给须藤，禁不住感叹。

"嘿，女生是抵挡不住我的攻击的，你不用难过。"

"你这是在歧视女性哦，女生也是不输给男生的。"

一之濑没有生气，以笑容回应他的无礼，然后回到自己本来的位置上。比赛以 B 班的发球拉开帷幕，但须藤怒涛般的实力已经展现出来，比分以七比三领先。

"需要极力避开防守范围广、攻击力强的须藤同学所在的区域……"

神崎对引领全队的须藤提高警惕，将山内发过来的球往上打。

"好，一之濑，把球传给我，我找到攻击目标了。"

"好的！"

一之濑将下落的排球向上托起，小心调整至理想位置。

向着缓缓落下的球飞跃而起的人是柴田，他要进行攻击。

而目标地点……令人悲伤，是我的面前。

如果这不是偶然的话，那就是我被看作力量最薄弱的点了吧。

"接住啊，绫小路！"

听到须藤的严肃指令，我在水中踏出了一步，球的飞行速度并不快，碰到它应该不难，我伸出手。

球与手相撞，发出有些低沉的声音。

"欸……"

我虽然将球弹飞了出去，方向却完全不对。

"耶！耶！"

看到这一结果，对方阵营中的一之濑和柴田击掌欢呼。

须藤自然是满眼的愤怒，散发出马上就要冲过来教训我的气势。

"你那是什么拙劣的手法！"

"抱歉……这是一个证明好不容易取得的一分和轻易失去的一分都只是一分的好例子。"

"开什么玩笑啊，角度再不好你至少往上打啊。"

我也不想这样，这辈子第一次打排球，手脚不太利索。

"没事没事，你冷静点须藤，我直接一个漂亮的发球，把分数补回来。"

池捞起近处漂浮着的球，擅自开始发球。

"唰！"

柔软无力的球飞向对面女生阵地附近，被顺势托起，而后攻击手一之濑飞身一跃。

"真没用！"

须藤用手臂挡住一之濑打回来的球，将其再次击回B班领域。

这次托球的是神崎，由一个女生进行击打。须藤利用身高优势挡住了向我急速飞来的球，并进行完美防御，避免了失分。

"吃我一球！"

一之濑看准须藤现在行动不便，跃起击球并高声呐喊

"后方！"

须藤着地，大声提醒，后方的堀北顺利接球，将其托至理想位置。游戏才刚刚开始，但这里已经成了须藤的主场。

基本上没有女生能抵挡住须藤威力极大的攻击，男生神崎和柴田虽然能进行抵抗，可须藤无论是技术还是

力量都在他们之上，所以只能防守，无力攻击。

B班采取的战术就是想办法让须藤无法自由行动，不让球传到须藤的手里。

我们D班里面，堀北和栉田的运动神经都不错，展现出了略高于平均水平的攻防能力，布阵稳定。

而我、池、山内就成了这场游戏的漏洞。

"呀！对不起！"

山内没能救起发到他附近的球，让B班得了分。每次丢分时须藤都会很不愉快地咂嘴，因为基本上失分的只有我们三个人。

"须藤同学，淡定，你已经足够努力了，不要到处奔走救球比较好。"

"可是……要是因为这些没用的家伙输了比赛，就太不值得了。"

须藤流露出自己的不满，回到了原来的位置。这一态度可能让池很不爽，他在须藤看不到的地方竖起了中指，山内看到后也接着比了这个手势。

"喂，春树，你小子一会儿小心点！"

"呀！"

不凑巧的是须藤回头看向山内，正好看到了他比的手势。

接着，对方乘胜追击，比赛再度开启，送到对方那里的球回来时又是向着山内的方向。

"不……不会吧!"

无法习惯在水中进行移动再加上来自须藤的压力，山内行动迟缓，尽管拼命救球，可还是无力回天。

"哗!"

"我去，还没有女生厉害，你不害臊吗?"

在运动场上拥有强大存在感的须藤对着我们的心狠狠地来了一枪，谁也不愿意在女生面前丢脸，但也无可奈何，就像是脑袋不会在一夜之间变好一样，运动神经也不是一时半会儿就能得到改善的。

球再次朝着我的方向落下，结合第一次失败时的感觉，和观察周围人动作时掌握到的接球关键点，只要调整好手臂位置，掌握球的回旋状态，从理论上来说，将球托起并不是件难事。

但我没有忽视掉一之濑从敌方阵营看过来的视线。

在意识到她视线的瞬间，我故意以拙劣的姿势接起球，然后脚一滑摔倒在了水里。

"绫小路你可真差劲。"

我的头伸出水面，守卫着后方的池看着我笑了。

"没有什么差劲不差劲的，能将球救起来就行，你做得很不错!"

须藤靠近了我救起球的位置，然后施展出第无数次的跳跃，他猛烈一击。

在比赛中他基本上要在半个水中场地里到处跑，应该废了相当多体力，但他反复使出的必杀技威力却没有一点下降，和综合实力高的 B 班势均力敌，或者说是更胜一筹。看着这样的须藤，我很快就对排球产生了兴趣。

6

"啊，我们输了，完败。"

一之濑上岸走了过来，有些悔恨，虽然只是一场游戏，但大家都不想输。连着拿下两局的 D 班取得了最终的胜利。

"我们主要就是靠须藤同学一个人了。"

得到堀北的表扬，站在她旁边的须藤一脸的得意。被喜欢的女生夸奖是件开心的事情，更何况这个女生是平常不怎么夸奖人的堀北就更令人愉悦了。

"须藤同学是篮球部的成员吧，我们班里也有男生加入了，他们都认识须藤同学，还说他是一年级里面最厉害的。"

"那是当然。"

连其他班级都知道了，这是件好事。这次的排球赛或许在无形中成了一个衡量他实力的机会，他卓越的身体素质并不输给其他班的学生，这是一大收获。若是出现了考验运动神经的考核，须藤会成为一大武器，但对一之濑她们而言，须藤应该就成了一个必须防范的可怕存在。

"要是你们不拖后腿的话，比分能拉得更开。"

"气死了，须藤你牛什么牛。"

山内倒在泳池边懊恼地仰视着须藤，他比赛结束后刚被须藤修理了一番。因为就属我们这三个拖后腿的男生失分多。

"算了，反正赢了，就不用计较这么多了，午饭可以吃喜欢的东西咯。"

我将须藤的愤怒往食欲上引，多吃点吧，反正是一之濑她们请客。

"是啊，这对缺钱的我们来说可是件值得高兴的事情。"

他虽然态度狂妄，但他在比赛中贡献最大这一点没得挑。

"我们愿赌服输，一起去吃午饭吧。"

正好有点饿了，一之濑和须藤他们率先前往摊位。

我和堀北跟在后面。

"呐，绫小路同学，你的运动神经也不差吧？就算是第一次打排球，你的动作也很不自然。"

堀北之前目击过我和她哥哥交战（也没到这个程度）。

"一之濑莫名很关注我，保险起见。"

"你是为了不让别人知晓自己的实力吧，现在各班应该都在对 D 班进行战斗力分析。"

堀北明白了我的意思，点了点头。很快就到达了众摊位前，一之濑回过头来。

"按照约定，大家可以尽情享用自己喜欢吃的东西。"

"太好啦！那我就不客气了！"

三傻的食欲也在正常人之上，他们一溜烟地跑开觅食。一之濑看着他们，面带微笑。

"难道全由你一个人负担？"

"嗯，因为是我提出来的嘛。"

确实是她提出来的，但她现在要负担的点数可不容小觑。

"我平时比较节俭，所以不用担心点数的问题。"

听到一之濑平静的回答，桦田惊讶地问道：

"可是一之濑同学，平时买衣服什么的不会花掉很多点数吗？虽然知道没办法和 B 班比，我们在点数上面是很紧张的。"

"嗯，我不是特别在意穿着，变换不同搭配就没问题了，哈哈，作为女生这么说是不是不太好。"

"没有这回事，不乱花钱是件特别好的事情。"

我个人有一种固定观念，那就是女生基本上都注意时尚，桦田就是这样的。堀北还属于那种不太在意的类型，即便这样，也还是会在自己的发型和服装上花费一些时间。

"可能会有更需要点数的时候。"

一之濑说道。意思就像是比起买一件衣服，还是现在这个场合花的钱要更有意义些。

"那我也就不客气啦。"

堀北平时吃得不多，但因为是 B 班请客，底气也就足了些。

"哈哈，嗯，吃吧吃吧，但是不能浪费哦。"

我和堀北不一样，很喜欢高热量的快餐，那就让我一饱口福吧。

7

临近闭馆时间，一之濑提议赶在人潮前出去，这个提议得到了大家的赞同。我则从归家队伍中偷偷溜出来，站在泳池边上等人。

"啊……累死我了……"

没过多久轻井泽出现了，拍了拍我的背。

"辛苦了，怎么样？"

"如你所言，真的恶心死我了。"

"不要这么说，就是类似放飞青春的东西而已。"

轻井泽站在我旁边，做出了一个呕吐的动作，然后向四周看了看。

"时隔这么久再来泳池，有什么感想？"

"没什么……"

轻井泽再次环顾周围，似乎很在意周围人的目光。

"虽然是假的，但我好歹也在和平田同学交往，和你两个人待在一起会被说闲话吧。"

"会吗？如果我和平田水平差不多的话或许会这样，但可悲的是我没什么存在感，顶多被认为我是和你一起来玩的人。"

并不是只要男生和女生待在一起就会被怀疑关系，如果这两个人是夜晚坐在周围悄无声息的长椅上的话就另当别论了，现在周围这么多人，没有人会注意到我们。

对了，作为她"男朋友"的平田今天并没有出现在泳池，应该是在忙社团。虽然不知道足球部在进行着怎样的练习，但听说他们也有活动。

"今天是可以穿着冲浪服游泳的，你零零星星看到一些人穿了吧？"

"嗯，但是把钱花在这个上面值吗？好贵的。"

"算是必要经费吧。"

轻井泽向我伸出了手，我若无其事地握住了。掌心有硬硬的触感。

两只手相碰的时间不足一秒。

"你是怎么打算的？"

"什么？"

"你为什么和其他人不一样呢，放手不管这件事的话不就能讴歌他们所谓的青春了？"

原来如此，她要说的是和刚刚握手相关的事情。

"左右我行为的先决条件就是看会不会对班级有危害，就算这件事没被闹大，班级内部也无疑会滋生出不信任感，关系产生裂缝，这是我们都想避免的吧？"

我为此找来轻井泽帮我做件事，同时也想让她顺便享受一下泳池的欢乐。

"你今天邀请别人一起来了吗？"

"现在就我一个人，本来还有另外两个的，解散让她们自己玩去了。"

"这是个正确的判断。"

我沿着泳池边走，轻井泽跟在了后面。

"你是以 A 班为目标的吧？"

"你对这个没兴趣吗？"

"呃，不确定，虽然我想要点数，就业有保障也是件好事……"

她把手插在口袋里，对着空气踢了一下。

"我不想和 C 班那群人交战。"

那群人指的是 C 班的女生们。我虽然在一定程度上封存了她的记忆，一旦直接对峙，恐怕又会让轻井泽想起自己被虐待的过去。不把她从那个诅咒中解放出来的话，她可能永远都发挥不出自己真正的本领。

"我有些事情想先告诉你，仅你一人。"

"什么事？"

"虽然不知道下次会是怎样的考核，但我打算展开一个行动。"

"行动？"

伴随着四周的喧嚣，我们一边走，一边讲一件非常重要的事情，没对堀北说过的事情。

"让别人退学。"

"啊？"

轻井泽没明白我的意思，停下脚步，有一瞬间说不出话来，意识到我还在往前走，赶忙跟上。

"等……等一下，你刚刚说的是什么意思？"

"就是字面意思，让一年级里出现退学者，最好是知道了你过去的那三个女生，不行的话就让其他班里的谁退学，要是还不行……"

"还不行？"

"那就让 D 班里没用的人退学了吧。"

"你清楚自己在讲些什么吗？话说回来，让谁退学不是件简单的事情吧。"

"是吗？不尽然吧，我刚刚就想到了一个方法。"

我保持握拳状态，让轻井泽注意我的手。

"难道你是为了这件事……"

"说不定能直接让他们退学，对吧？"

"可……可是，等一下啊，你为什么要这么做呢？之前你不是还帮了须藤同学吗？"

我确实将须藤从退学的危险线上救了回来。

但那是以前的事情，是我还没有以升到 A 班为目标时候的事情。

虽是暂时，但我现在确实在为实现这个目标而努力。既然如此，割舍掉不必要的存在是我必须做的事情，就像是过去堀北对我说的那样。

"明明救了他，现在却又要舍弃他的意思？"

"不，我不打算舍弃须藤，身体素质好的人对 D 班很重要。"

综合考量各班级各方面战斗力，D 班缺少以运动为强项的学生，不能把高圆寺算进去的话，在这方面潜力无限的须藤就是无比重要的存在。

"退学了的话那班级点数怎么办？"

"当然还是让其他班的人退学更好。"

不过，若是自己班里出现了退学者，会给其他学生带来很大的警示作用，剩下的人必定会为了避免以后被退学而拼尽全力，要是能因此提高了班级整体实力的话也未尝不是一件好事。

"你真是个坏人。"

"你早就知道了不是吗?"

"算是吧……"

我在半威胁状态下让轻井泽为我做事,不太可能会被她认为是个好人。

"和平田同学商量商量怎么样?"

"这我要考虑下,至少我现在还没有完全信任他。"

"欸?"

"你知道他过去的事情吗?"

"啊,嗯,在我和他讲述我的过去的时候他告诉我的,有朋友试图跳楼自杀的事情吧。"

没错,平田把那件事说了出来,他十分后悔,同时也想要忏悔。这应该是真实发生过的事情。

"那他是因为有朋友试图自杀过,所以才被学校当成差等生,分入 D 班的吗?"

"欸?"

"像平田那样成绩优异,在学生中有很高声望的人,一个朋友的事情是不至于让他被分配到和你我一个班的吧。"

若是像轻井泽那样翘课、成绩吊车尾的话还能接受,可平田从没有说过自己的过去是那样的,而且也不像是那样的,所以在一切尚不明朗的时候还不能完全相信他。

"难道你昨天问我过去的事情是……"

"昨天以前的你就和现在的平田状态一样，而现在的 D 班成员不能被束缚在过去的创伤中。"

我成功确认了轻井泽是值得信任的人，现在问题在于平田，一般手段在他身上行不通，判断他所言是真是假必须谨慎。

"你把别人的事情问了个底朝天，一句都不提自己的事情吗？"

"嗯？"

"你也不是个普通人，过去绝对经历过什么事情。"

"我没什么。"

"你撒谎。"

什么也没有，我没有轻井泽那样被虐待的过去，也没有平田那样有好朋友自杀未遂的过去。

"看你的眼睛就明白了，你给人一种杀人不眨眼的感觉。"

"想多了，我的过去里没有那种戏剧性的情节。"

真的什么也没有，就是完全空白的存在。

轻井泽看向了我手里紧握着的东西。

格外在意它的去向。

当然了，拿着它一定对未来有好处。

但是……

我要对她的疑问进行解答。

我加大握拳力度，直到传来塑料扭曲了的声音。

"你……你干什么？"

我将手中某物的残骸丢到了附近的垃圾箱里。

"这是为了不让 D 班出现退学者咯。我差不多该和他们会合了，今天谢谢你。"

"不用谢，可……"

"差不多该回去了。"

临近闭馆时间，学生们陆陆续续前往更衣室，在这种时候，加入的队伍不同，情况也会发生很大的变化。像一之濑她们一样在闭馆前回去的队伍、听到闭馆信号的同时回去的队伍、拖到最后的队伍，究竟哪种人能最早离开呢？

而我和轻井泽依旧站在那里，静静看着人潮退去。

终于，除了几个安全员以外，没有其他学生在场了。

"你还不回去吗？"

"你是明知故问吧？我有特殊情况，没办法随便换衣服。"

她带着一丝自暴自弃的语气隔着上衣拍了拍自己的伤痕处。

轻井泽不能让任何人看到这个伤痕，所以她没办法前往拥挤的更衣室，但也没办法不换衣服就回家。

所以她只能留到最后。

"穿着竞技泳衣不就能游了吗？"

不必担心别人看到自己的腹部，询问伤口缘由。

"穿这种泳衣游泳太土了，不行不行，上课的时候都不想穿，玩的时候还要穿那就更不愿意了。"

看来女生的世界比我想的还要残酷，对于比谁都害怕落到班级底层的轻井泽来说，就算是几乎不会被人看到的泳衣也是很重要的因素。

"你喜欢游泳吗？"

"啊？呃，不讨厌吧。"

那她至少能游。

"要不要游一下？现在没有任何学生，就剩下安全员了，他们还在忙着收拾东西呢。"

而且他们也知道现在更衣室人多，应该不会急着催促我们。

"不用了吧……"

"没事，游吧。"

"我说了不用了……"

"反正穿着竞技泳衣，不怕会被别人看到吧。"

"不是这个问题，我为什么要让你看到我穿泳衣的样子呢……"

相比之下，这一点更让她犹豫。

那我就采取点强硬手段吧。

"这是我的命令。"

在我说出这句话的瞬间，轻井泽狠狠地瞪了过来。

"你真是无耻，太讨厌了。"

"那你到底听不听命令呢?"

"……我知道啦。"

轻井泽勉强听从了我强制性的命令,嘟起嘴巴表达自己的不满。

脱下游泳上衣放在椅子上,展现出竞技泳衣包裹着的身体。

轻井泽背对着我迟迟不转过身来。

"我可能这辈子都只能穿着这样的泳衣游泳了……"

她没办法下狠心,她害怕别人注意到她的伤痕,询问她是怎么受的伤。

我走近轻井泽,强行抓住她的手腕。

"你……你干吗?"

然后直接将她推进了泳池,瞬间水花四起,听到这边的动静,一个安全员拿着扩音器对着我们喊道:

"已经闭馆了!请出去!"

"你干什么!"

愤怒的少女从水面露出头来,我伸出了手。

"开心吗?"

"突然被你推下来,能开心吗?"

轻井泽毫不犹豫地抓住了我伸出来的手,然后向着自己的方向,也就是水中用力一拉。我没有站稳,小心不砸到她,然后借力落入了泳池中。比刚刚还要大的水花惹怒了安全员,连忙向我们这边走来,轻井泽却笑着将我从水里露出来的头再次按回水里。虽然幼稚，但能看到她那短暂却璀璨的笑容，可能也就值了。

8

在泳池玩完以后，可能是体力不支，总觉得很渴。

其他人可能也是一样的感受，接近黄昏，在我们从泳池回家的路上，一之濑的朋友犹豫着说道：

"小帆波，我想吃冰淇淋，你呢？"

"嗯，我也想吃。"

虽然游完泳整个人都痛快了，但还是热。

"要不然我们吃了再回去吧。"

有人看着不远处的便利店说道，大家心情都一样，没人反对。成员们一进到店里就直奔冰柜，堀北本来还在犹豫要不要买喝的，现在也和大家一样想吃冰淇淋。

"我吃这个！超级巧克力夹心块！"

池手里的冰淇淋是正常规格的三倍，价格却是正常规格的近四倍，感觉有点亏，但他自己喜欢就好。须藤和山内选择的是刨冰，一之濑是棒冰。

这种事情上都能显示出每个人的性格特点，着实有趣。佐仓缩在我身后，观察着情况。

"你要选哪个？"

"呃，选……选哪个好呢。"

她慌里慌张的，得不出答案也是自然，她站在那么远的地方踮起脚尖往冰柜里瞧，而从我的角度看都只能看见一小部分。在池他们挑完离开后，我轻轻推了她一下。

"再往前面走点。"

"嗯，嗯。"

买一个冰淇淋都这么辛苦，我跟在她旁边，和她一起选。

佐仓还在犹豫，不知如何是好。

"该选哪个呢……"

"你讨厌吃冰淇淋吗？"

"不，是每一个都喜欢，这边所有的冰淇淋我可能都吃过。"她指着冰柜的右半部分说道。

就这么一会儿工夫，连堀北也选好，走向收银台结账了。

"你们快点啊！我们要走了！"

结完账的池半开玩笑地催促我们，佐仓听到后仿佛触电了一样，越来越焦急。

"呃，那个……对不起……我越是这种时候越没办法决定……"

"不要慌，他是开玩笑的，我也还没定呢。"

"你想选哪个？"

"我吗？"

我将注意力暂时从佐仓身上移开，看向冰柜里的冰淇淋。说实话在我眼里它们都长得差不多。

"我就吃这个吧。"

我拿起来的是常见的软冰淇淋，上面一圈一圈卷着牛奶，还有一种是混着巧克力的，那个就下次再吃吧。

"那我也选这个，这个好吃。"

有种是我强行让她做出了选择的感觉，不过既然她本人也接受了的话，皆大欢喜。

买完走到外面，大家一起在便利店空地上开始享用美味。取下盖子，我将冰淇淋送入口中，它迅速在口中化开，奶香散了开来。

"这个……真好吃……"

让人上瘾的甘甜和凉爽渗透到了全身上下每一个角落，简直就是一场革命，原来冰淇淋这么好吃，就是吃多了对身体不好……

"你吃得好香啊，就像是第一次吃冰淇淋一样。"

"这么热，谁都会觉得好吃吧。"

看大家品尝着冰淇淋，其乐融融的画面就明白了。

"这倒是，可你未免吃得也太香了吧，还是第一次见到这样的你。"

"因为他平时就像是人偶一样没有表情变化。"

我实在不能接受被同样像是人偶的堀北吐槽，可是，不知为何她和一之濑意见达成一致，开心得聊了起来，话题也从我转移到第二学期的事情上。

"喂，一之濑，你别光顾着聊天了，冰淇淋都要化了。"

"哇，真的！"

在这个温度下，露在外面的冰棒化掉也只是时间问题，一之濑赶忙用舌头舔去滴下的液体，将冰棒送入口中。

"唔谢唔啊呜。"

她嘴里包着冰棒，呜呜啊啊的好像是在道谢，享受着这一美味的同时，冰棒水滴落在柏油路上，留下浅浅的印记。

9

"辛苦啦，今天大家都很开心，对吧？"

"嗯，很开心能和堀北、佐仓同学说上话，我们下次再一起玩吧。"

B班的女生们对最后一天的休息日很是满意，发表了自己的感想。佐仓也放开了些，露出了淡淡的笑容。而池和山内，还有须藤则慌慌张张的，连招呼都没好好打一个就去坐电梯了。

"之后去你房间里玩啊，绫小路。"

只留下这么多余的一句话。

"他们怎么了？记得平时要更开朗些的。"

"今天的样子有些奇怪，某人应该知道原因。"

她瞟了我一眼，但我没作声，当没听见。其中缘由颇多。

"那……学校里再见，绫小路同学。"

"明天见。"

和栉田、佐仓分开后，大厅里就只剩下我和堀北了，本以为她肯定是想避开栉田才留下的，但另一部电梯来了以后她也没有进去。

"不回去吗？"

"你呢？要不要再走一走？"

"嗯。"

我和堀北再次出了大厅，看着被夕阳染红了的天空漫步在林荫道上。

"没想到今天还挺开心的，偶尔这样休息一下也挺好。"

这句感想正如她自己所说的那样，令人惊讶。堀北还未干透的长发飞舞着，她慢慢说道：

"从明天开始就是第二学期了，肯定有比第一学期更严酷的考核在等着我们。"

"是啊。"

学校给刚入学的新生一直安排的应该是较为简单的考核，即便简单，也是无人岛生存战、船上的互相欺骗战等脱离了普通高中生正常标准的考核。接下来还不知道会有怎样的苦难在等着我们。

　　"我这个暑假思考了很多，我所做的事情和做成的事情。"

　　"看出什么来了吗?"

　　"这是秘密……和你说了的话会被笑话的。"

　　可能是什么让她觉得不好意思的事情，她没告诉我。

后记

四个月没见面啦，我是衣笠，最近悄悄参加了游戏界内人士举行的派对。

在那里见到的一位公司社长和我说他从学生时代开始就在玩我创作的游戏，我吓了一跳，顿时感受到了时间流逝之快。嗯，我还是不要想太多了……

言归正传，这次的故事发生在第四本的考核之后，即剩余的暑假里。

一部分没有台词的角色登场，为第五本的故事进行铺垫。

绫小路身边的女生形象也越来越丰富，虽然还没有什么进展，但将来有一天这里面的某个人（也许是接下来登场的人物）和绫小路的关系或许会超越友谊。同时，从下一本开始将逐渐开始讲述有关绫小路过去的事情。新的敌人将会登场，新的特别考核也会使得情况发生翻天覆地的变化。想要和同班同学一起升上好班的学生、想要凭借一己之力胜出的学生、利用他人往上爬的学生，各种各样的角色将开始发挥自己独特的个性。

还有！翘首以盼的《欢迎来到实力至上主义的教室》漫画第一本出版啦，和这次的番外1同时发售①，我的心情非常激动，读一本、摆一本、收藏一本，最少也要买三本！非常感谢漫画家一乃悠由老师把这本净是男生角色的作品画得这么出色。恐怕大家都在"怨"我没能和知世一起创造出更多的美少女吧，我会带着这种"怨恨"，将这些"帅气"的男生角色的故事继续写下去的！（卑鄙脸）希望大家能够喜欢这本净是"心动"男生的《欢迎来到实力至上主义的教室番外1》以及漫画。

最后……这篇后记之后还有一个内幕篇，内幕篇将揭晓绫小路在正篇中迷之行为的真正目的和三傻的恐怖计划！

---

① 这里指的是日文版发售时间。

池宽治、山内春树和须藤健的暑假（内幕篇）

"……言归正传，我想就这次的三角洲行动召开一场作战会议。"

房间里闷热难耐，D班的池端坐着，紧握的双拳被放置在了膝盖之上，这很不像他。他拿手背擦去额头上冒出的豆大汗水，脸上泛着油光。

"我要把我这个夏天的青春全部赌在这上面，春树你呢？"

"我也一样，宽治，要是行动能成功的话我死而无憾。"

一直沉默不语的山内也表示同意，甚至愿意拿自己的生命来下注。

"说实话我是反对的，参不参加要在听完你的计划以后再决定。"须藤说道。

这三个人的想法各不相同，但目标一致，也都很积极。

可能是因为大家都出了汗，我感觉房间里越来越闷热了。

"绫小路……你也肯定会参加的吧？"

"在讨论这个话题之前能不能先把空调打开？"

房间里满是汗臭味，我已经忍无可忍了。

"……也是，挺热的。"

那一开始就让我打开空调啊，说什么要营造气氛，偏不让我开，这明明是我的房间。

"为什么每次都选在我的房间里讨论啊？"

"以前没解释过吗？你的房间收拾得最干净了，其他人的屋子里到处是用过的纸巾和掉落的体毛，脏死了，山内的屋里更是连个落脚的地方都没有。"

"须藤你不也一样！堆满了脏衣服和内衣内裤。"

这和我无关，我只希望他们能想着打扫。

"你的这个房间还是这么没有生活气息，和刚入学的时候一模一样，马上就有点数进账了，买点什么吧。"

"买地毯，地毯！屁股坐得太疼了。"

这个问题须藤以前也提到过，他边说边敲击地板。

"点数来之不易，要省着点花。"

我回了一句，结果须藤不知道为什么，跟我较上了劲。

"无人岛考核的时候多亏了铃音我们才得到了点数，你一点贡献没做，还在这儿装什么装。"

"就是，就是，话说有堀北在，我们升到 C 班也只是时间问题吧。"

从五月份的绝望沼泽中脱身而出，我们的点数正在以不可抵挡的势头赶上其他班级。

"那些难题等第二学期开始了以后再想吧，现在的重中之重是开展三角洲行动。"

"真的要做？"

"当然了，这可代表了我们的青春啊，难道你对这个目的崇高的行动有什么不满？"

现在三傻正聚集在我的房间里，就三角洲行动展开热烈的讨论。

这件事起源于前几天晚上他们在手机上聊的某个计划。

"你还给它起这么个名字，不就是偷窥吗？"

没错，这个行动虽然美其名曰三角洲，实际内容就是偷窥。但具体的行动计划目前只有池一个人知道。

"欣赏女性的身体……这有什么不对的！这才是青春！"

不要说不对了，这简直就是天大的重罪。

可眼前这个男生还在这里堂而皇之地说着这个，甚至给它冠上青春的名号。

要是偷窥行为暴露了的话，十有八九会上新闻。

"被女生发现了怎么办？不会是生气这么简单的。"

虽然还不知道他要采用什么方法，但风险肯定存在。

我打算设法让他死心。须藤可能也是对这一点比较在意，向莽撞的池和山内提出了相似的质疑。

"绫小路说得对，这个行动有风险。现在又不像是小学的时候在教室里换运动服，初中修学旅行时在老旧旅馆里洗澡那样轻易就能偷看到。"

"别担心，号称超级天才的池宽治我制定的计划是天衣无缝的。"

池站了起来，开始讲解自己自信的来源，趾高气扬。

"你们想知道的是在哪里偷看和怎么偷看，对不对？小事一桩，我早就想好了，你们冷静听我讲。我们首先要做的就是选择对象，机会千载难逢，不能浪费在没什么看头的丑八怪身上，而且最好是 D 班的女生，看我们身边的可爱女生才叫人兴奋。"

"我赞成，可是哪有机会啊……"

"没有机会就要创造机会！"

池挥舞食指操作手机，然后将屏幕对准我们。

"你们忘了吗？泳池从昨天起对外开放，正在举办大型活动。"

"哦，哦？这是个偷窥的好机会啊！可是，我还没有去过这里的泳池。"

我看向池的手机，上面确实写了有关泳池开放的消息，原本专供游泳部使用的特别游泳池设施在暑假的最后三天将面向全体学生开放，时间是这三天的早上九点到下午五点。确实，如果在这里的话，只要是来游泳的人，不论男女都要脱衣服换泳衣……

"我明白你想要邀请她们去游泳，创造机会让她们换衣服，可就算这样，你也是看不到的吧。"

我直截了当地表明了自己的看法，虽然还没有去过，但监控是肯定少不了的，更衣室里自然没有，外面走廊上估计设置了监控探头。只要有形迹可疑的男子接近女子更衣室，绝对会被立刻发现。

池架着胳膊，还是一副坚信事情尽在掌握的样子，山内则开始不安。

"哎，你真伤我心，我看起来像是想不到这一点的人吗？我从好几天以前就在为这一天做准备了。"

面对我的质疑，池毫不慌乱，看上去甚至像是胜券在握。

"准备？那你说说看。"

看着装模作样的池，山内忍不住了，赶忙问他。

"这么迫不及待？好，你们看这个。"

池将打印下来的游泳馆内部结构草图带了过来，看来是已经进行过彻底的调查，另外两个人忍不住感叹其认真程度。

"你居然还准备了这个！"

连我也惊呆了，更厉害的是这张草图上还有仔细的标注。

但有一点很奇怪，这上面的笔迹和池本人的不一样。

"你们看，这个泳池的大小是我们平时上课用的那个池子的两倍，一般不让游泳部之外的人进入，而且里面确实也安装了监控探头。"

这是一座配备了共六个男女更衣室的大型设施，应该供专业比赛使用过。男女更衣室自然是在不同的方向，草图上手写的标记也表明了两边走廊都设有监控探头。

"这样的话我们肯定没机会。"

和男女澡堂一样，通往男女更衣室的路是分开的，往另一边走一步都会被怀疑居心不轨。况且这是暑假的最后一个活动，来参加的人不会少，偷窥计划到底还是行不通。

"我当然没想着走到女子更衣室前面去偷看啦，重要的是这条线。这是地面通风口的通道，连接了各个男女更衣室，更衣室按年级分配，相对的两个更衣室恰好连接的是同一个年级的男生和女生，你们说巧不巧！"

简单来说，一年级男生使用的更衣室通风口所连接的就是另一边的一年级女子更衣室，池可以循着这条管道去偷看女生们换衣服。我也明白他为什么会这么激动，更衣室有这么多个，所以每个都不大，室内也没有障碍物，和设想情况一致的话，基本上可以肯定能从通风口偷看到换衣服的女生们。

可是，现在还有能够供人穿行的通风管道吗？

"通风口高十五厘米，宽四十厘米。"

"这个大小的话，人怎么也不可能穿得过去吧。"

就算勉强能通过，也不会像电影里那样顺利，要是中间卡住了的话就进退两难了。

"哈哈哈，这一点我早就想到了，我有这个！"

他洋洋得意地从包里拿出一个小车。

上面还伸出了一根类似天线的东西。

"无线电控制车……"

无线电控制车，即靠遥控器控制的玩具车，可实现远距离操控，而且车体上还搭载了摄像机，画面可直接显示在监控屏上。池接入电源，一顿操作过后，屏幕上出现了画面，虽然算不上是高清画质，也足够判断周围情况了，他可谓是做好了万全的准备。

"这个大小的话就可以放进通风口里面了，只要通过观察车上的摄像机传回的影像使其沿着通风口前进即可，不仅如此，车体上的迷你储存卡里还能够储存影像。"

池制定的计划黑暗至极，他的想法也太恐怖了。

完全就是犯罪行为，真是谢谢他了，这下子山内也会反对他的吧……

"哇哦！厉害！这就完美了！对吧，健？"

居然还同意了……也太轻浮了吧，我真的是吐槽之心满满。

"是啊……好像电视剧里的情节。"

"怎么样！是不是完美！"

确实，这样的话便有可能神不知鬼不觉地达到目的……

因为想得太周到了，我不禁做出了一个假设。

"难道博士也参与了这次的偷窥计划？"

实在难以想象这会是池一个人想出来的，无线电控制车的价格也不是个小数目。

"你……你怎么知道？"

这很简单，准备周到的无线电控制车和那套做法都不像是池能想出来的，而且监控的位置和通风口的路线等知识不经过知识分子的调查也无法掌握。

"混蛋，居然暴露了！是啊，我问过博士，切，本来想把这些都装作是我想出来的。"

"所以当天的详细计划呢？"

这里面果然有博士的主意，池重新摆好架势，立即开始进行说明。

"首先邀请想偷窥的女生去泳池玩，估计到时候是同时进入更衣室对吧？我们在进去以后立刻占据最内侧通风口前面的位置，要是那附近有人的话，须藤你出手，就算是威胁，也要让他换个地方，然后你们三个迅速拿出毛巾装作要换衣服，在通风口附近形成一堵人墙，不让别人看到，而我迅速取下通风口处的固定元件，将控制车放进去。因为要进行操作，你们就把我挡起来不要让别人看到，控制车停在女子更衣室前面，开始录像，估摸着女生差不多该换完了的时候撤退完工。"

他所说的过程相对简单，听起来容易实现，可里面还是有些不靠谱的地方。

"我把碍事的家伙都吓唬走，要是有人接近的话，叫他们离远点就行了吧？"

这个任务很适合须藤，大家都知道他不好对付，不会贸然接近的。

"你们知道了吗？这个三角洲行动的厉害。"

"可……可是，宽治啊，这是犯罪吧……感觉比单纯偷窥的情况还要严重……"

"严格意义上说这确实是犯罪，但是你们回想一下，你们过去肯定做过相似的事情吧？"

"啊？什么啊，我可没有犯过罪。"

"那我问你，健，用暴力伤害别人是犯罪吧？成年人要是打了谁的话会上新闻吧？你不就在使用暴力嘛。"

"这个……打架和暴力行为是不一样的。"

"不好意思，我就没有使用过暴力。"

"你参加吗？春树，应该不会有事吧。"

"没……没错，好，就按池说的来。"

"你们当真要做啊？这真的是犯罪。"

说得再好听，犯罪的本质没有发生变化。

"你从刚才开始就在说这个事啊，绫小路。"

"退一万步说，在这个高科技时代，偷窥发展成为了偷拍，若是暴露了的话，就算不会被抓起来，也够让你们退学了吧？"

"害怕退学就永远都看不到了！"

没错！须藤和山内举手高呼。

"就剩下你了，绫小路，你都听到这一步了，一定会协助我们的吧？"

"……我不太想。"

"我们需要你的帮助，三个人组成人墙的话就绝对不会被别人发现了。"

他的眼神中充满了坚定，就算我退出了，他们也一定会做下去的。

"好，我帮你们。但是，池你答应我一件事，这次行动的风险很大，要是被发现了的话是不会不了了之的，所以你要发誓不论成功与否都只做这一次，否则我是不会提供帮助的，甚至有可能会报告给学校。"

我好话狠话混着说，目的是让池妥协。

要是我一个劲反对，池他们是有可能瞒着我实施这次犯罪行为的，所以我以提供帮助为条件，要他保证只做这一回。可以确认的是，若是东窗事发，D班或许会分崩离析，这一点，在座的所有人应该都明白。

"嗯，我也知道这种事情是做不得多次的。"

"那好，我明白你是想要堵上自己学生的青春来挑战这件事了。"

"我提一个建议，泳池九点开门的话，我们最好赶在那个时间点去，最先进去的人好占最里面的位置。"

"原来如此！就采用绫小路这个建议！放手一搏吧！"

这是在去泳池前一天举行的讨论，是三角洲行动的全貌。

1

到了泳池日当天，最先进入更衣室的我们立刻占住了后面的位置，将毛巾展开，陆陆续续进来的男生们都在各聊各的，没人注意到我们。

"快点，池。"

须藤展开毛巾，装作换衣服，并催促蹲在通风口前进行操作的池。池将预先包裹在浴巾里的无线电控制车和遥控器拿出来，取下装在通风口处的固定元件，迅速放入控制车开始进行操作。

搭载了小电筒的控制车在小小的监视屏上显示出行进路径。

"什么鬼！好暗啊！"

小电筒的照明强度小，行进在逐渐昏暗的通风管道中，监视屏上的画面也越来越不清晰。

即便如此，控制车还是向着慢慢靠近的光明不懈前进着，就算走过了头，也有铁栏杆挡着，不用担心掉出去，但还是要谨慎地保持低速前进。

"好嘞，马上就到了……"

监视屏上已经显示出了更衣室的样子，虽然画质欠佳，但是能看到堀北等人的身影。

"唔，哇！"

池（博士）所制定的这个作战计划可以称得上圆满成功了，监视屏上清晰显现出了 D 班学生和一之濑的身姿，现在控制车已经在进行录像了吧。

监视屏上能实时观看女生们换衣服。

"宽治你让我也看看，隔这么远我看不清。"

"混蛋，我也要看。"

须藤和山内不满地催促池把监视屏让出来，但要是这么持续下去的话就免不了会被其他男生怀疑，我决定利用这一点。

"反正已经在录像了，还是不要争了吧，容易引起别人的怀疑。"

"对对对，先换衣服……"

山内撇了撇嘴，沉下脸来，很遗憾的样子。

是的，就算不能通过监视屏偷看到，控制车上搭载的迷你储存卡也已经将录像画面全部保存了下来。池压制住自己想要尽快把控制车召唤回来的冲动。

他们将遥控器和行李一起塞进柜子里，先把衣服换了。

"该等多长时间呢……"

"我想放二十分钟，至少……"

太早收回来没办法把更衣画面录完整，放置的时间过长导致收不回来的情况都必须避免，另外如果男生们换衣服时间太长了的话也会有麻烦。这估计是这些人一生中最长的二十分钟了。

"我先走了。"

"哇，等一下，绫小路！你要背叛我们吗？你以后就算求我们也不会给你看的。"

"不是，过了二十分钟都没有男生出去的话她们会起疑的。"

"啊，也是……那你帮我们打好掩护啊。"

"知道。"

我留下等待回收控制车的三人，先一步前往泳池。

2

在我走出男子更衣室的同时，女子更衣室里正上演着三傻无限憧憬的理想画面。不对，实际上摄像机也记录下了那声音和情景。

"这种感觉还挺新奇的，还是第一次在上课以外的时间来学校的泳池。"

栉田一边将自己的包放进储物柜中一边说道。

而旁边的一之濑已经要开始换衣服了。

"是啊，就像是来大众泳池玩一样。"

"一之濑同学你的身材真好……"

栉田被迷住了，不由得感叹道。一之濑有些不好意思，但在看到栉田的体型之后也发出了赞叹。

"栉田同学你的比例才好，完全不输给我这种。"

另一边，佐仓站在离二人稍远点的地方开始换衣服。即使大家都是女生，她还是会觉得很不好意思，而且一想到这之后要去泳池，身体就愈加沉重。

和上课不一样，这里好在能穿着泳装上衣把上半身都包裹起来，这个东西对于佐仓这种容易害羞的人来说简直就是救世主般的存在。

"一之濑同学，你能不能不要一直看着我？"

感受到来自一之濑的热切视线，堀北觉得有些不适，停下换衣服的动作，远离了她。

"呀，对不起对不起，堀北同学你的皮肤白皙又有光泽，我一时着了迷，同样作为女生，果然还是忍不住把注意力放在可爱的女孩身上，桔梗你不这么觉得吗？"

"嗯，堀北同学特别可爱。"

"……"

听到栉田的那句话，堀北叹了口气，但也没停止换衣服的动作。

"不过我还以为堀北同学你不会参加这种活动呢，还好你也来了。"

"我确实也不是因为想来才来的，有时候人需要做些不是出于自己本意、只能闭着眼睛接受的事情。"

"嗯？堀北同学你说的话好难懂啊。"

当然了，具体情况和谁都不能说，手卡在水瓶里拔不出来这种事情简直就是人生的耻辱，是要带进坟墓的秘密。堀北现在还在因为让绫小路知道了这件事而后悔不已，反省自己当时为什么会陷入慌乱，给他打了电话。

"换衣服的时候别跟我说话怎么样？"

被堀北冷落了的一之濑确定了下一个目标，也就是站在后面悄悄换着衣服的佐仓。一之濑将"人人为我，我为人人"的信条谨记在心，想要和所有人搞好关系，明显孤零零一个人的佐仓自然会成为她的目标。虽然不知道 D 班内部的具体情况，但她很明白佐仓同样是个值得认真相处的人。去深究人家的隐私自然不对，一之濑做不到完全无视她。

栉田和堀北也不随便和佐仓说话。佐仓一眼看上去像是那种比较内向成熟的人，但据一之濑的分析，佐仓虽然认生，但会对亲近了的人敞开心扉，自己应该也有和她成为朋友的机会。

"好久都没和佐仓同学这样见面了呢，不在一个班就老是见不着。"

"是……是啊……"

"小帆波和佐仓同学认识啊，这倒是让我有点意外。"

栉田对二人的关系产生疑问，有些顾虑地问道。

"之前有一点交集，对吧？"

"嗯，嗯……"

佐仓比想象中的更僵硬，她怯怯懦懦地回答。

那害羞的样子让一之濑心中莫名产生了动摇，但她忍住了。

"不过……"

一之濑盯着佐仓的身体，但不至于不礼貌。那可爱的脸庞配上纤细有料的身材，简直就是杂志上的模特本人。

佐仓属于能够让人产生保护欲的那种类型，要是性格再开朗些的话估计能成为全年级数一数二的人气女生。

"对了，小帆波，我可以问问你关于神崎同学的事情吗？"

"嗯？神崎同学怎么了吗？"

一之濑正在心中估摸着如何消除自己和佐仓之间的距离感，在听到栉田抛过来的话题后，转移了自己的注意。

佐仓认定这是一个逃开的好机会，拉开了自己和一之濑之间的距离。

"我们班里有女生喜欢神崎同学，想知道他这方面的情况怎么样。"

"哇，没想到他这么受欢迎啊，我们班里也有女生对他有意思，啊，但现在应该还是单身吧？"

"这样啊，那我们这边就试着向他搭讪。"

"嗯嗯，他也会挺开心的吧，应该。"

"应该啊。"

听到这个不确定的回答，栉田无奈地笑了。

"他比较沉默，不爱说话，这虽然没什么，但他太少表达自己的主张了，让人搞不清楚他在想什么。"

这是作为同学最直观的感受。

"是啊，那样的话确实不好了解。"

在这种小范围的讨论正热烈进行着的时候，周围的人已经要换上泳衣了。

"哇，得赶紧换了。"

意识到自己已经耽误了一点时间的一之濑迅速脱掉自己的衣服，那速度堪比男生。

"好啦，我换完了！"

从最后一名赶上来的一之濑放声说道。

"我先去啦。"

应该是抑制不住自己想要赶紧奔向泳池边上的冲动，她拿着储物柜的钥匙离开了更衣室。

"她就像一阵台风一样。"

堀北没有别的意思，单纯将自己的感想表达出来，也不是为了说给谁听。

但是稍远处的栉田听到了，把这句话接了起来：

"和她待在一起，会不由得开心起来呢。"

栉田这样说道。

堀北只看了栉田一眼，并没有接茬。

栉田自然也不会多想。

但是她接着又说了一句话，不是对着堀北，而是那位新的来访者。

"咦，轻井泽同学？早上好，你们也来玩了啊。"

总是对周围情况很是敏感的栉田，立刻注意到了来到更衣室的轻井泽和其他两个女生。

"真巧，我们也来游泳了。"

"欸……"

栉田掩饰不住自己的惊讶，因为轻井泽以前从来没有在游泳课上游过泳。

轻井泽等人向着靠里的储物柜走去，栉田虽然觉得有些奇怪，但还是将注意力转回自己这里，继续换衣服。

"哇……真有这回事，这群变态，无耻之徒……"

轻井泽看到了紧贴着地面通风口铁栏杆停着的无线电控制车，发光的镜头正以绝佳角度拍下女生更衣室里的画面。

一般来说这个铁栏杆谁都能取下来，但还是得费点工夫和时间的，因为十字螺丝被安在了四个角上，必须把它们都拆下来。可轻井泽抓住铁栏杆往后一拉，就轻而易举地将它取了下来。

她并不是怪力少女，也不擅长拧螺丝。

其实单纯因为她昨天就进到了这间更衣室，提前将螺丝拧了下来。而且就算没有螺丝，铁栏杆也能轻易固定住。

轻井泽扣下控制车，用手将它拿了起来。旁边的指示灯闪烁着淡淡的红光，表示正在录像，她按照预先从绫小路那里听来的步骤，把迷你储存卡从车上拆了下来，此时录像功能就停止了，不进行录像操作的话，指示灯是不会亮起的。

然后立刻将一张没有任何数据的新卡插进去，放回地面通风口。

"这样就可以了。"

估计一会儿过后，控制车就会原路返回。

"只有那个家伙做了件人事……"

她惊讶于那群男生的无耻行为，但同时也在思考着那唯一一个为阻止这件事而行动的人——绫小路。要是绫小路也参与了偷窥行动，或者对这件事视而不见，那么班里班外的女生就会在不知不觉中被男生看光，而且其影像还会作为数据永久留存下来。

"小惠，结束了吗?"

从轻井泽背后向她搭话的是同班同学园田，另一个女生石仓也在局促不安地看着她。

"嗯，久等了，已经结束了。"

在更衣室里，一个人一直盯着地面通风口看的话是很显眼的，容易引起别人的怀疑。和池他们制造人墙进行遮挡一样，轻井泽也叫来了好朋友挡住别人的视线。

为了制造出通风口附近的储物柜已经全部被占用了的假象，她当然没有忘记事先给它们上锁。现在轻井泽正悄悄地将锁一个个打开，恢复原状，她很冷静。

轻井泽没有向朋友园田和石仓进行过多的解释，她相信就算不解释，这二位都会老老实实地按她说的做，并绝不泄密……她选择的是性格绝不强势、同时害怕失去朋友的人。

换好衣服，确认 D 班的那几个熟面孔都不在了以后，她对身旁的二人感谢道：

"谢谢你们今天帮我，我这之后还有点事情，你们两个人去玩吧。"

"啊，嗯，好的！"

两人相互点头致意，轻井泽也没再说什么了。

3

在泳池玩到筋疲力尽后，我回到了自己的房间。

门前已经有三个人在等着了，他们兴奋不已。

"绫小路你太慢了！快点开门！"

须藤等不及了，他踢了踢门，这可不是什么好事，不仅会给邻居造成困扰，还有可能被宿舍管理员盯上。

"绫小路你快点！"

我在这群已经按捺不住激动心情的男生的催促下打开了自己的房门，池的手里还握着从无线电控制车上收回来的储存卡，这三个人相信这里面肯定记录了女生们更衣时的画面。

他们冲进我的房间，直接打开电脑。

"要……要是内容不错的话，之后也给我拷贝一份……"

"等等，先让我确认一下啊，你们可没有看铃音身体的权利。"

"你们两个人都冷静点，大家一起好好看吧，嘻嘻嘻嘻嘻。"

他们已经无暇顾忌我了，正迫切等待着电脑开机。这一天真够累的，我直接瘫坐在了床上。

"你们看完以后就回去吧。"

"什么啊，绫小路，你一个人装什么正经，你也想看的吧？"

"你们要是想回头的话，现在还来得及。"

"啊，我懂了，你是在装好孩子，我还偏就不让你看了。"

池伸出双臂挡在电脑前面，想要拦住我的视线。

"欸欸欸！怎么什么都没有！"

应该是从博士那里借来的迷你储存卡读卡器里没有任何数据，也就是说无线电控制车并没有发挥出录像功能。

"没……没有数据？"

"怎么可能？当……当时不是调至录像模式了吗？嗯？"

三人手忙脚乱地反复查看文件，可里面什么都没有。

这是自然，因为装有录像的储存卡已经被轻井泽取出，换了一张空卡进去，他们再怎么找，也不会找到的。

而另一方面，原来的储存卡已经被销毁，录像数据早已烟消云散。

"怎么会这样啊啊啊啊！"

三傻的野心就这样在内部阻碍下消亡了。